Impávido coloso

ALFAGUARA

Daniel Samper Pizano

Impávido coloso

ALFAGUARA

© 2003, Daniel Samper Pizano
© De esta edición:
2003, Santillana Ediciones Generales, S. L.
Torrelaguna, 60. 28043 Madrid
Teléfono 91 744 90 60
Telefax 91 744 92 24
www.alfaguara.com

ISBN: 84-204-6688-3
Depósito legal: M. 13.592-2003
Impreso en España - Printed in Spain

Diseño:
Proyecto de Enric Satué

© Cubierta:
Agustín Escudero

Para Pilar, «o que o coração dita»

O amor será eterno novamente
É o juízo final
A história do bem e do mal
Quero ter olhos para ver
A maldade desaparecer.

NELSON CAVAQUINHO-ÉLCIO SOARES

(El amor será eterno nuevamente / Es el juicio final /
La historia del bien y del mal / Quiero tener ojos para ver /
Desaparecer la maldad.)

Acorda amor
Eu tive um pesadelo agora
Sonhei que tinha gente lá fora
Batendo o portão, que aflição

Era a Dura, numa muito escura viatura
¡Minha nossa santa criatura!
(...)

Acorda amor
Não é mais pesadelo nada
Tem gente já no vão da escada
Fazendo confusão, qué aflição

São os homens, e eu aquí parado de pijama...
¡Chame, chame, chame
Chame o ladrão, chame o ladrão!

JULINHO DE ADELAIDE (CHICO BUARQUE)-LEONEL PAIVA

(Despierta amor / Acabo de tener una pesadilla / Soñé que
había gente afuera / Golpeando la puerta, qué angustia / Era
la Pesada, en una camioneta oscura / ¡Por Dios! / Despierta
amor / No es una pesadilla / Hay gente en la escalera / Formando
el desorden, qué desgracia / Son los hombres, y yo aquí parado
en pijama... / ¡Llama al ladrón, llámalo, llama al ladrón!)

Babel total

En ese momento lo despertó el teléfono.

—¿Señor Carmelo? Soy Regina.

El señor Carmelo estaba aún considerablemente dormido y sólo pudo emitir una especie de eco gutural que su interlocutora interpretó como una invitación a revelar su identidad.

—Regina Campos Barbosa. De Brasil Export.

Silencio.

—Lo recogí hace unas horas en el aeropuerto, ¿recuerda? —insistió Regina.

Le hablaba en algo que ella creía que era español, pero se parecía de manera sospechosa al portugués.

Transcurrieron algunos segundos más.

—Sí, sí —murmuró él.

Le dolían la cabeza y los músculos de la espalda y sentía reseca la boca.

—Qué bueno —comentó Regina, poco convencida—. Quiero recordarle que dentro de una hora lo esperamos para la cena de bienvenida en el piso treinta y dos.

—Piso treinta y dos, en media hora —repitió Carmelo.

Su voz intentaba evitar que quedase como un imbécil en el diálogo telefónico con Regina, pero era inevitable: aún no había logrado regresar completamente del sueño y entender dónde estaba, quién le hablaba, qué ocurría.

—¡Eso! Allí nos vemos —dijo Regina.

Pero como él no colgaba, repitió:

—¿Señor Carmelo?

—Sí, le entiendo, Regina. Allá nos vemos.

—Hay una vista estupenda de São Paulo, va a ser muy divertido —insistió ella, no muy segura de ese tipo medio dormido que se limitaba a repetir sus palabras.

—Sí, va a ser muy divertido.

Carmelo colgó y encendió la luz. Había hablado a oscuras, extraviado. Caminó penosamente hasta la ventana y desde su habitación en el piso veintiuno del hotel divisó miles de pequeñas luces. Empezaba el tambaleante regreso a la realidad. Era la noche de São Paulo y esas luces debían de ser las favelas que vio desde el avión, poco antes de que terminara su vuelo, y, ahora lo recordaba mejor, de que saliera a recibirlo Regina con una sonrisa convencional de bienvenida, en compañía de un joven que tenía aspecto atlético de defensa central del Botafogo. Portaba un cartón que decía: *Carmelo Camacho. Feira Brasileira de Exportação.*

Se acercó al baño y abrió el grifo de la ducha.

Al mismo tiempo que se quitaba la camisa comprendió que había consumido demasiados *bloody maries* en el trayecto entre Bogotá y São Paulo.

La ducha se desgajaba poderosa, y en el baño abundaban las toallas. Era lo que más le importaba a Carmelo en un hotel: buena ducha y muchas toallas. Y almohadas: odiaba las almohadas largas y flacas, estilo tampón gigante, que ponen en los hoteles franceses.

Tres cuartos de hora más tarde llegaba al piso treinta y dos. Vestía traje azul y corbata a rayas y despedía un olor penetrante a Roger Gallet: se había asperjado con agua de colonia la barba, el cuello, la parte anterior de las solapas, la pechera de la camisa, los puños y el pañuelo. La colonia era casi un símbolo de los directivos del diario en el que trabajaba. Todos, desde que estaba en edad de aspirar a algún cargo importante, se remojaban en Roger Gallet. Durante los desayunos de oficina, la atmósfera era tan cargada que las tostadas parecían flotar en lavanda. Para saber cuáles de los redactores tenían ambiciones de progresar en la nómina bastaba con arrimarles un poco la nariz: el que apestara a Roger Gallet, ése era un profesional agalludo. Ahora que lo pensaba, él mismo llevaba ya más de treinta años de abluciones con agua de colonia: desde que, siendo estudiante, consiguió un puesto como aprendiz de reportero.

Dentro del salón había una multitud en plan de coctel y comida. Regina se hallaba en la puerta esperándolo. No le fue difícil reconocerla. La muchacha lo saludó muy formal, pero no se privó de decirle que ofrecía un aspecto elegante. Carmelo le agradeció y ofreció excusas por ser el último en llegar.

—No, no —sonrió ella—. El último no. Todavía faltan varios.

—¿Ah, sí? —preguntó Carmelo con genuina sorpresa.

Regina revisó rápidamente su lista. El traje rojo ceñido le quedaba muy bien.

—Esperamos todavía a una inglesa y a su colega de México. Hace pocas horas se excusó de venir el italiano.

Carmelo ensayó un chiste previsible sobre el sentido del tiempo en los latinos, pero Regina lo regañó con coquetería.

—No sea injusto. Fíjese que el primero en llegar fue Finkelstein, el argentino.

Carmelo por poco se lanza a una nueva obviedad, esta vez acerca de la discutible latinidad de la familia Finkelstein, pero el dolor de cabeza lo retuvo a tiempo. No dejó de recibir punzadas en las cavernas cerebrales mientras Regina le presentaba a sus compañeros de viaje. Había ingleses, norteamericanos, franceses, alemanes. También un japonés y una japonesa, que bien podían ser colegas, marido y mujer o hermanos. Segundos después no recordaba caras, publicaciones representadas, ni nombres.

En ese instante regresó Regina. Venía acompañada de un hombre de algo menos que mediana estatura, algo más que nariz gruesa, pelo ensortijado y bigote áspero que obligó a Carmelo a recordar a José Alfredo Jiménez, uno de sus ídolos musicales. Rondaba los sesenta años y calzaba zapatos de color marrón muy claro y un traje aguamarina de extraña textura tipo macramé. Míster México, pronosticó Carmelo.

—El señor Jiménez, de México —dijo Regina risueña.

A Camacho le sorprendió la coincidencia de apellidos y pensó, ya de veras, si el mexicano no sería hermano o pariente del inmortal José Alfredo. En ese momento, el hombre ya se estaba presentando.

—Nicanor Jiménez, de *El Norte*, de Monterrey.

—El señor Carmelo Camacho es colombiano —explicó Regina juntando las manos para señalarlo.

—Bem-vindo —dijo Carmelo a Nicanor Jiménez, por decir algo. Había copiado la palabra de un anuncio del aeropuerto.

—¡Aaahhh... el señor Carmelo habla un portugués fantástico! —lo congratuló Regina.

—Nada —respondió Carmelo avergonzado por una tontería que no habría esperado de sí mismo—. Es lo único que sé decir.

—Es lo único que necesita decir en portugués —agregó Regina.

—¿Han ensayado la caipirinha? —propuso un inglés en inglés. Había atrapado al vuelo un camarero y ofrecía bebidas a Regina, Carmelo y Jiménez.

Regina se disculpó y dijo que tenía que seguir organizando cosas. La cena estaba a punto de empezar.

Recibido su vaso, Jiménez lo sorbió de un solo trago, con limón y todo.

El inglés lo miró aterrado, mientras Míster México retenía un leve eructo. Carmelo entendió que era necesario salir pronto del mal paso.

—Conque de *El Norte*, de Monterrey —le dijo—. Soy buen amigo de los Junco. Con el padre estuve en un congreso de editores en Boston el año pasado y con el hijo recorrimos juntos el Canadá en una de estas visitas de periodistas hace como cuatro años. Más interesante el padre, me parece.

—Ellos lo recuerdan mucho —contestó Jiménez, para sorpresa de Carmelo—. Me dijeron que le diera un saludo de su parte.

—Se agradece, como dicen ustedes. ¿Y cómo están los leones de Monterrey?

—Los dejo —dijo el inglés en inglés. Parecía bastante claro que la conversación en español entre dos latinoamericanos no era cosa suya.

—Espera —le dijo Carmelo en inglés—. No hemos querido ser descorteses. Es que resulta emocionante encontrarte con otro latinoamericano que, fíjate, es amigo de tus amigos.

—No te preocupes, entiendo que los latinoamericanos se emocionen mucho cuando se encuentran —comentó el inglés antes de darles la espalda.

—Esto va a ser una Torre de Babel —dijo Camacho a Jiménez.

—Pues sí —repitió Nicanor—. Los señores Junco me pidieron que le diera un gran saludo. Don Alejandro estaba invitado a este viaje, pero me cedió la invitación.

—¿Trabaja usted en información económica? —tanteó Carmelo.

—No, señor.

—¿O con Romelio Bautista, en internacionales? Estuve con Romelio en una reunión de Ciespal, en Quito.

—No, señor.

—¿Columnista? —exploró Carmelo.

—No, señor.

La situación empezaba a ser embarazosa. Jiménez había resultado parco en palabras y algo tímido.

—Bueno, lo importante es que estamos aquí, en el país mais grande do mundo, descontados unos pocos que son ainda mais grandes —dijo Carmelo en un remedo de portugués. Y luego, serio—: Yo creo que va a ser un viaje muy interesante. Estos brasileños quieren mostrarle su milagro económico al mundo entero, y la Feria es el circo en el que van a montar el espectáculo.

—Cómo no, señor.

Carmelo apuró un trago de caipirinha y sonrió a Jiménez. En pocos segundos buscó tema para un nuevo puente con ese hermano latinoamericano tan silencioso y formal, y cuando iba a preguntarle cómo es que se llama la señora de Junco hijo, tan simpática, Jiménez le habló en tono muy grave.

—¿Es verdad que podemos consumir lo que queramos, y todo va por cuenta de la Feria?

—Me parece que sí —contestó Carmelo.

Jiménez echó mano al bolsillo interior de la chaqueta aguamarina y extrajo un papel impreso en mimeógrafo.

—Aquí dice que todos los gastos son por cuenta de «la organización». Estaba en una carpeta en la habitación del hotel, con otros papeles.

—¿Eso dice? —inquirió Carmelo, que no había tenido tiempo, cabeza ni cuidado de leer la carpeta.

—O sea —reiteró Jiménez, entregándole la hoja— que lavado de ropas, minibar, comidas a la habitación, llamadas telefónicas, ¿todo va por cuenta de la organización?

—Tal parece —contestó Carmelo después de revisar la hoja. La caipirinha seguía produciendo benéficos efectos para su dolor de cabeza—. Dice que los invitados deberán abstenerse incluso de pagar propinas a los maleteros, y que en cada ciudad recibirán una lista de restaurantes y bares donde podrán firmar las cuentas de sus consumos.

—Pues este sí que va a ser un buen milagro brasileño —dijo Jiménez, mientras guardaba la hojita.

—Bueno, dispénseme, pero necesito ir al baño.

—Ándele, vamos los dos, señor Camacho. Dicen que un mexicano nunca orina solo. Yo también traigo ya ganas de mear. Ha de ser culpa de la caspiriña esa.

Carmelo fingió un gesto como de fíjate qué coincidencia, dicen que un colombiano tampoco, y se lanzó a atravesar el salón lleno de gente, flanqueado por el mexicano de traje aguamarina y zapatos color marrón claro.

A la salida del baño se le acercó un hombre algo redondo que ya Carmelo había distinguido de lejos por su ademanes vehementes y la facilidad con que parecía hacer amigos. No debía de tener más de treinta años, pero llevaba una calvicie cuatro lustros mayor. Las gafas, de gruesos lentes, producían un efecto deformador en los ojos, que se agigantaban y retorcían. Parecía parpadear en cámara lenta.

—¿Qué tal? —le dijo—. Tenía muchas ganas de conocerte: en Buenos Aires se publican a veces tus notas literarias.

—*The Argentinian Journalist,* I presume? —replicó Carmelo en voz alta.

—Exactily —dijo el argentino con voz aguda y en mal inglés. Carmelo notó que había dicho, claramente, *exactily* y no *exactly,* y volvió a pensar en la Babel del viaje—. León Finkelstein, mayor gusto.

Carmelo lo saludó y enseguida presentó al mexicano, que estaba decidido a no separarse de él fácilmente.

Después de preguntar un par de lugares comunes sobre el cansancio del viaje, Finkelstein miró con rapidez a su alrededor, como queriendo buscar mayor intimidad, se acercó a sus dos compañeros y les reveló la noticia.

—Parece que viene Delfim Neto a inaugurar la visita.

—No me digas —dijo Carmelo, sin revelar que no estaba muy al tanto de quién era Delfim Neto.

—Me lo comentó aquella chiquita —y señaló a una muchacha muy atractiva a la que le sobraban un par de kilos—. Es Minerva María, la asistente de Ramsés, el jefe de la delegación. ¿Ya la conocieron? Está enteradísima de todo. Por eso alargan el coctel, porque aún confían en que pueda venir Delfim Neto.

—Ésa sí que será una sorpresa —dijo Carmelo.

—Esperá, porque igual podría no venir. En este momento anda aquí en São Paulo asistiendo a una reunión con empresarios. Pero si termina temprano, será el encargado de darnos la bienvenida. Lo dijo Minerva María.

—Minerva María —repitió Carmelo.

—Exacto, como la diosa romana.

—No, estaba pensando que es una extraña mezcla de nombres.

—Bem-vindo —comentó Jiménez, apercibido de otra caipirinha.

—Oye —preguntó Carmelo a Finkelstein, que seguía decidido a averiguar con disimulo quién era Delfim Neto—, ¿y por qué piensas que Delfim Neto va a querer venir a esta cena?

—Es obvio, viejo: Neto es el padre del milagro y éstos pretenden que nosotros seamos los heraldos del milagro en el mundo entero.

—Cierto.

—¿Por qué creés que montan Brasil Export 72? —continuó Finkelstein—. ¿Por qué pensás que invitan a una quincena de periodistas internacionales y les dan tratamiento de sultanes? ¿Por qué figuran en nuestro programa inauguraciones de complejos petroquímicos y palacios de congresos, visita a la carretera Transamazónica, encuentros con Ministros? Tienen que hacerle eco al milagro, viejo.

—Cierto.

—¿Y por qué creés que entre los periodistas invitados hay tres de América Latina? Fijate lo que te digo: tres de quince, la quinta parte...

—Para hacerle eco en América Latina. Supongo.

—No, no, no: para demostrar a América Latina quién es el jefe del continente, quién manda aquí. Acordate que Nixon dijo que hacia donde se incline Brasil deberá inclinarse toda Latinoamérica.

—Cierto —repitió Carmelo—. Y ya se inclinó, claro.

—Se inclinó así, mirá —dijo León, y se curvó en una venia servil—. Le entregó el orto al imperio, así de simple.

En un extremo del salón, Ramsés, el jefe del tour de Export 72, sostenía el auricular de un teléfono. Era un tipo de pelo corto, espalda cuadrada y ojos claros. A su lado se hallaban un hombre pequeño, de bigote y gafas negras, y la ubicua Minerva María. Los tres periodistas vieron cuando Ramsés colgó el teléfono y, con gesto triunfal, irguió el pulgar.

—¡El Ministro viene! —descifró Finkelstein—. No me equivocaba, ¿viste?

Eran ellos, posiblemente, los únicos que sabían en ese momento la novedad que tanta alegría y excitación había producido a sus anfitriones. En el salón, indiferentes, seguían tomando cocteles los demás invitados. De acuerdo con el argentino, había allí empresarios paulistas, periodistas locales, políticos, cónsules, señoras y señores de sociedad y agentes de seguridad camuflados.

El piso treinta y dos del Hilton de São Paulo volaba casi tan alto como el avión que los trajo de Lima, sólo que la noche hacía más tolerable el espectáculo de las favelas. El salón se hallaba dividido en dos por biombos de madera. Estaban en el sector donde se servía el coctel, pero en algún momento los biombos tenían que desaparecer y entonces serían llamados a sentarse a manteles. La noche amenaza ser larga, pensó Carmelo. Los camareros seguían circulando con pasabocas, trozos de camarón, empadinhas, risoles, coxinhas de galinha y pastéis. Notó que los periodistas internacionales —P.I., abrevió— bebían caipirinha y caipiroska, pero los invitados locales preferían el whisky.

—Parece un nacimiento, ¿no? Con las luces y todo.

Era Jiménez, que lo había acompañado, sigilosamente, hasta el pie del ventanal desde donde Camacho observaba las luces de la ciudad: tan próximas y tan lejanas, pensó; y remató, casi sin quererlo, recordando un poema de Bernárdez: «Como el viento». Era un soneto que le gustaba, y sobre el cual había escrito alguna vez una nota, pero que despedía un aroma de ripio. Ahora sabía de dónde salía el retal. De ese verso. Del viento. Próximo y lejano estaba bien, pero el viento era prótesis.

—Con luces y todo —repitió de manera mecánica Carmelo.

—Cuando yo era niño —continuó Jiménez, afectado por algo que se parecía a un inesperado ataque de nostalgia—, en mi pueblo hacíamos nacimientos así, grandotes, y encendíamos pequeñas candelitas.

—Eran hermosos los nacimientos —comentó Carmelo, por comentar algo.

—*Son* hermosos —rectificó Jiménez—. A mis nietos les encantan.

La piadosa mano de Regina acudió a rescatarlos.

—Vamos pasando al comedor —dijo—. El Ministro no tarda mucho.

Los biombos habían desaparecido y quedaban expuestas las mesas. En los flancos de la principal se encontraban las tarjetas de los periodistas internacionales. Frente a ellos tomarían asiento, sin tarjetas, entreverados al azar, invitados y funcionarios. El Ministro y algunos otros peces gordos ocuparían el centro, a juzgar por la actividad y expectativa que reinaban en torno a esos sagrados lugares; las secretarias colocaban listas, carpetas y folletos frente al plato del Ministro. Ramsés vigilaba con diligencia y apuraba a las chicas para que estuviera todo a punto.

Carmelo buscó su tarjeta. Pudo hacerlo sin prisas, porque era uno de los primeros que se acercaban a la mesa. Bueno: la suerte lo había librado de Jiménez, a quien Regina conducía al costado opuesto mientras el mexicano lo miraba con ojos de perro asustado. Carmelo no tardó en descubrir su puesto, entre un enviado francés y un japonés que le sonreía pertinazmente y que le entregó una tarjeta de visita. «Hirotaka», se presentó. Con resignación ocupó la silla, dispuesto a vivir otro aburrido momento de los que abundan en los encuentros internacionales de periodistas.

De repente, y respondiendo de manera dramática a la expectativa creada, emergieron de los elevadores varios sujetos corpulentos de traje y corbata; unos detuvieron las puertas corredizas, otros se apostaron rápidamente en el camino hacia el salón. El ascensor vomitó luego un pequeño grupo de ejecutivos. Después de unos segundos, Ramsés indicó el comedor y entonces se abrió el grupo de manera casi mágica, como miles de años antes se había abierto el mar Rojo a instancias de Moisés, y del torrente humano surgió, resuelto, ágil, regocijado, un hombrecito rechoncho y pequeño que, acostumbrado a encabezar, se dirigió hacia la mesa seguido de los demás.

—¿Delfim Neto? —preguntó en voz baja Carmelo a Regina, que acababa de ocupar el puesto de enfrente.

Ella asintió y se tocó admirativamente la cabeza con el índice un par de veces.

—Uma cuca —dijo—. El padre de El Milagro.

Cuando el Ministro penetró a la sala se produjo un desmayado intento de aplauso promovido por algunos funcionarios, pero los periodistas internacionales mantuvieron la dignidad y distancia que se esperaba de ellos y se limitaron a observar con interés aquella figura de barril a la que se otorgaba un poder omnímodo en la economía de su país.

Carmelo volvió la cabeza y notó que su vecino japonés estaba empeñado en un extraño movimiento: hamaqueaba el cuerpo sobre el asiento, mientras observaba hacia el piso. Carmelo lo atribuyó a una rara ceremonia oriental y optó por mirar de nuevo hacia el centro de la mesa, donde Ramsés ya se había incorporado para decir unas palabras. Antes de que lo hiciera, el japonés tiró la manga del saco de Carmelo.

—¿Sabes? —le dijo en inglés, perfectamente serio—. Creo que en este momento los pies del Ministro cuelgan en el vacío.

Camacho tuvo que llevarse la servilleta a la boca para que no advirtieran su risa.

Las palabras de Ramsés, en inglés más meritorio que fluido, se dejaron oír en el salón luego de un impertinente chillido electrónico. Estaba allí, primero que todo, dijo, para dar la bienvenida a los ilustres periodistas internacionales que habían aceptado la invitación a ser testigos de la pujanza brasileña gracias a la Feria Brasileña de la Exportación, y, segundo, para presentar al ministro de Hacienda, señor Delfim Neto, sin duda la persona más indicada para iniciar con pie firme (cuando dijo «pie firme», Carmelo y el japonés trataron de no mirarse) este viaje por el nuevo Brasil. Con ustedes, el ministro, señor Delfim Neto.

Esta vez los aplausos fueron inevitables, incluso para los periodistas. Antes de que el Ministro se incorporara, se colocó a su lado, algo nerviosa, una muchacha rubia de uniforme azul y camisa amarilla que iba a traducir al inglés. El periodista francés tenía su propia traductora que ocupaba lugar vecino al suyo en la mesa, y la de los dos germanos se inclinaba, desde el puesto de enfrente, dispuesta a articular la versión al alemán. En cuanto a los periodistas que hablaban español, no habría traducción para ellos: era requisito de la invitación que también dominaran el inglés y, de todos modos, ¿quién que hable español no cree que entiende portugués?

Bajo la vigilancia atenta de Ramsés, las traductoras estaban listas para empezar su trabajo, como corredores de los cien metros planos en sus marcas. Oficialmente, empieza Babel, pensó Carmelo.

Regina sacó de su cartera una grabadora de casetes, verdaderamente el último grito de la tecnología japonesa, hundió el botón rojo y la colocó sobre la mesa, apuntando el micrófono hacia el Ministro.

Delfim Neto miró alrededor con una sonrisa antes de emitir palabra y de pronto preguntó:

—¿Cuántos idiomas se hablan aquí?

Por un extraño sentido del respeto, Ramsés se sintió obligado a responder de pie, aunque era una desventaja para un Ministro feo y pequeño tener a su lado a un tipo muy bien plantado de casi un metro con noventa.

—Inglés, francés, alemán, español, japonés. Y portugués, por supuesto, señor Ministro.

Delfim Neto se mostró interesado. Ramsés entendió que debía continuar y pasó veloz revista con los ojos:

—Tenemos ilustres Periodistas Internacionales (lo dijo en tono de mayúsculas) procedentes de Estados Unidos, Inglaterra, México, Francia, Argentina, Alemania, Colombia, Japón...

Delfim Neto sonrió y dijo entonces en inglés, con una sencillez que sugería que lo mismo habría podido escoger el alemán, el japonés o el esperanto:

—Creo que ahorraremos camino si les hablo en inglés.

No era un inglés muy bueno, calibró Carmelo, pero sin duda el Ministro había optado por un acto de poder y señorío destinado a impresionar a los periodistas internacionales. Nada suscita más la admiración de un P.I. que el plurilingüismo de un terrícola subdesarrollado.

Delfim Neto pronunció un discurso de circunstancias, de bienvenidos al Brasil, de esperamos que su visita sea lo más placentera posible, pero deslizó también alguna Información Importante que venía precedida de un ademán de complicidad entre gente curtida.

—Yo sé —dijo— que unos periodistas como ustedes no quieren ver ministros solamente para que ofrezcan la comida. Ustedes quieren que los ministros *sean* la comida.

Risas de los P.I.

—Por eso —continuó Neto— quiero dejarles unas cuantas reflexiones. Dentro de algunos días los recibiré en mi despacho de Brasilia (Ramsés asintió, consultó la agenda y precisó: «El 7 de julio, señor Ministro»); allí podrán formularme las preguntas que quieran, después de haber recorrido parte del Brasil y de haber visto con sus propios ojos lo que está pasando. Pero, mientras tanto, como decía, me propongo explicarles las bases de la revolución económica que estamos consiguiendo en este país.

Los que aún no lo habían hecho, sacaron bolígrafo y libreta y se dispusieron a anotar las bases de la revolución económica brasileña según Delfim Neto.

Intermitentemente, Carmelo escuchaba las palabras del Ministro, que hablaban de la derrota de la inflación, de un aumento del treinta y tres por ciento en las exportaciones durante el primer semestre del año, del incremento del PIB hasta un once punto tres por ciento, del aumento del ahorro privado en proporciones superiores al quince por ciento, y empezaba a sentir unas ganas casi insuperables de cerrar los ojos y continuar la siesta que interrumpió la llamada de Regina. Sólo pudo superar su horrible batalla contra el sueño cuando el discurso adquirió visos de terminar.

«La Feria Brasil Export 72 es una muestra del impulso exportador de nuestro país. *Más* comercio internacional significa mayor bienestar social (pausita, con mirada alrededor). Más comercio, señores periodistas, es mejor que *menos* comercio».

Carmelo se dio cuenta de que los funcionarios se miraban entre sí con deleite y que algunos escribían furiosamente la última frase para poder citarla entre comillas.

—Queridos amigos —prosiguió el Ministro—: Este año celebra el Brasil ciento cincuenta años de su independencia. La de entonces fue una independencia política frente a un poder colonial. La independencia que hoy buscamos es frente al subdesarrollo y el atraso. Queremos que en el Brasil haya riqueza para todos, pero primero tenemos que crear esa riqueza: ésa es la meta que se ha fijado el gobierno revolucionario que preside el general Emilio Garrastazu Médici.

En ese momento, el Ministro disparó un gesto a un secretario que escuchaba detrás de él convertido en estatua, y el secretario, a su turno, hizo una seña a un camarero, y ambos se alejaron rápidamente.

—Apuesto a que viene la prueba del pastel —le susurró Regina desde enfrente.

Camacho arrugó el entrecejo e hizo ademán con las manos de no haber comprendido a qué se refería. Regina le indicó que observara lo que iba a seguir.

El camarero regresó llevando un pastel, y lo puso encima de la mesa, frente al Ministro.

—Señores periodistas: como pueden ver, yo tengo un pastel frente a mí, y ustedes no tienen ninguno. Yo *quiero* repartir el pastel con ustedes. Es *justo* repartir el pastel con ustedes. Pero (y aquí Carmelo vio que Regina modulaba en voz baja exactamente las mismas palabras que el señor Ministro) *el pastel debe crecer antes de que podamos repartirlo*. Esta misma filosofía es la que está aplicando el gobierno revolucionario. Por ahora hacemos crecer el pastel: ya llegará el momento en que podamos repartirlo.

Un aplauso sonoro, al que se sumaron varios P.I., despidió la intervención del Ministro, y Carmelo notó, para su desesperación, que él mismo también estaba aplaudiendo de manera automática. Los camareros se precipitaron desde varias esquinas a multiplicar el número de pasteles y repartirlos a fin de que hubiera postres para todos, y Ramsés volvió a ponerse de pie. Estaba a punto de agradecer las palabras del Ministro, cuando se escuchó una voz aguda que salía del sector izquierdo de la mesa.

—Su Excelencia: es un gran honor hablar en nombre de mis compañeros... —empezó diciendo la vocecita, en un inglés execrable.

Con disimulo Carmelo se llevó las manos a la cara. ¡Finkelstein! Presintió que sobrevenían unos momentos de bochorno, y quiso que la tierra se lo tragara. El argentino siguió impasible su discurso. Sobre la calva amplia y prematura brillaban cientos de puntitos de sudor. El enviado de *La Nota Económica*, de Buenos Aires, avanzó por el terreno de lo predecible: agradeció la claridad de la exposición del Ministro y aseguró que los periodistas extranjeros esperaban con entusiasmo la gira. Luego se adentró por los temidos territorios del ridículo, cuando solicitó al Ministro, siempre en nombre de sus compañeros, que transmitiera a Su Excelencia el Presidente de la República, general Emilio Garrastazu Médici, el cordial saludo del grupo de periodistas internacionales y extendiera al Alto Gobierno los agradecimientos por la invitación. Y de repente realizó un súbito viraje hacia lo inesperado cuando dijo que aguardaba aquella cita con el Ministro para formularle ciertas preguntas acerca del costo social del pastel, el enriquecimiento de los pasteleros y el tratamiento represivo que se daba a quienes pedían otro tipo de comida.

Hubo un silencio mortal, mezcla de estupefacción y embarazo. Finkelstein carraspeó y tomó asiento. Sus pupilas flotaban desmesuradamente grandes tras las gafas enormes. Ramsés estaba a punto de decir algo o quizás de seguir no diciendo nada, cuando, sin tomarse el trabajo de ponerse de pie, el Ministro se expresó en español, dirigiéndose al argentino:

—Magnífico. Será un placer conversar acerca de todo eso.

Carmelo miró a Regina, que abrió de par en par los ojos, esbozó una sonrisa, encogió los hombros y recogió la grabadora. Hirotaka preguntó a su vecino qué había dicho el Ministro y Camacho le tradujo. Había sido un momento de descontrol, pero la hora de los postres era llegada y la normalidad volvía, y había un trozo de pastel para cada quien, y una copa de oporto que los camareros se apresuraban a servir.

—¿No han notado nada acerca de la música? —preguntó Regina a los comensales de enfrente, como para dejar atrás el mal instante.

—¿Hay música? —preguntó la inglesa.

Regina señaló en silencio hacia el techo y entonces la oyeron. Era un hilo de música instrumental europea o norteamericana, discreta, típica de hotel o de consultorio odontológico.

—Es São Paulo —comentó Regina, como quien comparte un secreto—. En Rio de Janeiro habríamos tenido música brasileña, un samba, quizás una bossa nova, y con seguridad la habrían advertido.

—São Paulo inventó el escritorio y Rio la cama, ¿verdad? Rio la siesta y São Paulo el desayuno de trabajo —dijo Carmelo, sobrado, para demostrar que conocía bien la teoría sobre las diferencias entre la laboriosidad paulista y la vocación festiva de los cariocas.

—No sólo eso. ¿Han visto la comida que nos dieron? Coctel de langostinos, filet mignon, ensalada de espárragos...

—Pastel Delfim Neto... —agregó el colombiano.

—Anjá —asintió Regina—. Mientras São Paulo se esfuerza por ser cada vez más internacional, Rio se esmera en ser cada vez más brasileño.

—¿Y Brasilia qué viene a ser en todo esto? —preguntó el francés.

—Brasilia —dijo Carmelo después de un par de segundos— es la que expide la licencia para construir el escritorio y cobra el impuesto de la cama.

Antes de que pudieran darse cuenta, los ascensores habían vuelto a tragarse al Ministro y su comitiva, y Ramsés, aliviado de pesos protocolarios, se presentó muy festivo en la puerta del salón para convocar a sus seguidores a una noche de samba. Carmelo no soñaba con el samba sino con la cama, así que prefirió despedirse desde su asiento. Regina, a su vez, indicó que debía reunirse con su jefe, el señor Aguiar.

La salida de Ramsés y los suyos dejó el salón medio vacío. Sobrevivían varios pequeños grupos que conversaban y tomaban *pousse café*, de pronto, Carmelo Camacho y Regina Campos quedaron aislados en un sector de la mesa.

El bullicio había sido reemplazado por un silencio extraño, entre incómodo y promisorio. Regina sonreía y jugaba nerviosamente con un papelito, como cediéndole a Carmelo la iniciativa de la palabra. El colombiano comentó algo sobre el silencio y se lamentó para sus adentros de haber sido tan obvio.

En ese instante tomó plena conciencia de que estaba frente a frente con una muchacha de veintitrés o veinticinco años, a solas, y que la noche invitaba a grandes cosas, y percibió una sensación de escalofrío. Pensó que en inglés eso se llamaba ansiedad de la anticipación, o algo parecido.

—¿Qué opinó de todo esto, el discurso, el pastel...? —le preguntó Regina.

—Habría podido ser todavía más terrible —contestó Camacho—. Por lo menos no habló ningún militar.

Ambos rieron con alivio y en ese momento se le cayó a Regina el papel que sostenía en la mano. Ambos se inclinaron a recogerlo, pero los ojos de Carmelo llegaron primero. *Room 1606, 2 a.m.*, leyó Camacho en voz alta.

—Bueno —agregó con sonrisa que quiso ser cómplice—, aún podemos conversar un rato antes de su cita.

—¿Cita? ¡Cómo se le ocurre! —replicó Regina, molesta—. ¿No se da cuenta de que estamos hablando de un imbécil, de un tipo que cree que basta con pasarle un papel arrugado a una chica para que ésta se meta en la cama del 1606 a las 2 a.m.?

—Tiene razón —concedió Carmelo—. Al menos podría contarme quién es el anónimo enamorado.

—Se cuenta el milagro, pero no el santo.

—Y es que... ¿habrá milagro?

—¡Está loco! Le repito que se trata de un idiota.

—Además, usted tiene una cita con su jefe, ¿no? Aguiar, me pareció escucharle.

—Lo de la cita era una disculpa, claro. Pero tiene que conocer a Aguiar. Es el del bigote y las gafas oscuras que está tomándose un whisky en el bar con el mexicano del traje aguamarina. Todo un personaje, Aguiar.

La cita era una disculpa, claro. Camacho apuró hasta el fondo la copa de *pousse café*. Pensó que la noche estaba predestinada. Sólo faltaba encontrar el discurso adecuado para continuar adelante la pequeña ceremonia de conquista cuyo final resultaba previsible. La clave, como en todo, eran las palabras. Temía que sonaran ordinarias, pero también temía que parecieran cinematográficas.

—¿Le digo la verdad? —confió Regina acercándose un poco.

Carmelo alcanzó a percibir el aroma de oporto que envolvía sus palabras.

—Adelante —dijo el colombiano, que comprendió que «adelante» era mucho mejor que «por supuesto» o «dígame».

—Estoy esperando a Sergio. Vamos a ir a bailar a Batucada.

—¿Sergio?

—El chico que estaba conmigo en el aeropuerto cuando usted llegó.

Carmelo recordó entonces al defensa central del Botafogo.

—Es verdad: no lo he vuelto a ver.

—Está comunicándose con su jefe en Brasilia —explicó Regina.

Camacho logró sobreponerse con dignidad al golpe adverso. Cincuenta años de experiencia al servicio del disimulo en un momento difícil.

—Estupendo que vayan a bailar —dijo—. La vida hay que disfrutarla mientras se es joven.

De repente, la muchacha se mostró preocupada.

—¿Puedo preguntarle una cosa?

—Por supuesto —dijo Carmelo—: Dígame.

En ese momento se percató de que habían estado hablando en inglés todo el tiempo. Y agregó en español:

—Con una sola condición: que lo digas en portugués. Me parece increíble que estemos hablando como si fuéramos dos gringos.

Regina desplegó una sonrisa blanca y meneó la cabeza:

—¡Babel total!

—Estoy esperándote.

—¿Sí?

—La pregunta.

—Se me olvidaba —dijo Regina, a pesar de que no se le olvidaba. Aún vaciló un poco más. Luego la soltó—. ¿Es malo enredar el trabajo con la diversión?

Carmelo suspiró hondo. No sabía si se enfrentaba a una trampa, a un avance inesperado, a un veloz recurso disuasorio o apenas a una pregunta ingenua de alguien que acababa de conocer. Optó por ganar tiempo.

—¿Dijiste diversión, o amor?

La chica no tuvo tiempo de contestar. Acababa de llegar Sergio Pinheiro. Se había cambiado el traje de burócrata de las relaciones públicas y llevaba un atuendo deportivo; en la espalda cargaba un suéter amarillo cuyas mangas caían sobre el pecho como garras de un tigre muerto. Qué defensa central del Botafogo: centro delantero de la Selección Brasil.

Sergio se dirigió muy amable a Carmelo y balbuceó disculpas por llevarse a Regina, pero alegó que entre semana cierran a Batucada temprano y además mañana hay que madrugar, vamos a una inauguración muy importante.

Carmelo comprendía todo, sonreía, les deseaba mucho baile, váyanse tranquilos, muchachos, me acabo este trago —que ya estaba acabado— y me voy a dormir, me duele la cabeza y estoy muerto de cansancio...

Se sentía hombre de mundo, ni más faltaba, un veterano de muchas guerras, no era la clase de primíparo que cae en ilusiones fáciles...

Desayuno pornográfico

Aunque Carmelo Camacho estaba acostumbrado al exhibicionismo tropical, debía reconocer que nunca había visto nada por el estilo. En el comedor del Hotel el *buffet* del desayuno era una alucinación de frutas. Minerva María, la asistente de Ramsés, estaba terminando de desayunar. Era temprano. Lo saludó lamentando que no hubiese asistido al pequeño cierre de noche de la víspera. El sitio era *sensacional,* y Ramsés había estado *genial,* los había matado de la risa con sus cuentos. Carmelo prometió estar en mejor forma para el futuro y, a fin de no arruinarse más el ánimo por haber cambiado el alegre grupo por una prosaica cama de hotel, ensayó su primera lección de portugués.

—¿Esto? —preguntó a Minerva María.

—Mamão.

—Mamão: ¡qué simpático!

—¿Y esto?

—Abacaxí.

—¿Abacaxí? ¿Y aquello?

—Manga.

—Casi igual al español.

Mientras avanzaba la lección, Camacho se servía trozos de papaya, de piña, de mango, de melón, de sandía... Armado de otro plato prosiguió con jamón, pan negro de banana, pan de queso y tostadas. Y cereal. Había aprendido la importancia del cereal en los viajes. Minerva María se disculpó; le comentó que debía reunirse con alguien, pero antes de partir lo condujo a una mesa donde desayunaban una inglesa alta y uno de los gringos. El saludo de rigor fue un poco embarazoso, porque al colombiano se le escurrió al suelo un trozo de piña cuando intentaba saludar al gringo sin soltar el plato.

—Abacaxí —fue todo lo que se le ocurrió decir.

El gringo leía un diario local. Tiempo atrás había sido corresponsal del *Washington Post* en Rio de Janeiro durante dos años.

—Se están encendiendo las cosas por estos lados —dijo sin levantar la mirada del periódico—. «Allende se ve forzado a nombrar un nuevo gabinete»... «Abaleado el líder tupamaro Leonel Martínez Platero»... «Estados Unidos niega toda ayuda de desarrollo al Perú»...

—¿Algo de Colombia? —preguntó Carmelo en tono que consideró profesional.

—Nada. Por ahora. Dos estudiantes muertos: pero en la Universidad de México.

—Hay un aviso enorme sobre la petroquímica de Capuava —observó Carmelo, que espiaba el respaldo de las páginas.

—Muertos allá, petroquímica aquí. No podrán negar que el contraste con el Brasil es grande —dijo una voz profunda a espaldas de Carmelo, y enseguida dejó caer una carcajada. Plato en mano, Ramsés había escuchado la lectura de titulares, pero Carmelo no sabía si celebraba así la desdicha ajena o la dicha propia.

—No tan contento —intervino el ex corresponsal gringo, molesto por la imprevista y ruidosa llegada de Ramsés—. Aquí hay una noticia que dice que el presidente Garrastazu Médici está implicado en un lío de tráfico de sangre.

Ramsés se puso pálido, puso el plato sobre la mesa y casi arrebató el periódico al enviado especial del *Washington Post*. Sin que se percatara Ramsés, el gringo guiñó el ojo a sus colegas. Después de leer la noticia, Ramsés prorrumpió con alivio:

—No es exacto. Lo que aquí dice, justamente, es que el Señor Presidente se reunirá hoy con la Asociación Brasileña de Donantes para poner fin al comercio ilegal de sangre.

—Ah —dijo el gringo—. Se ve que mi portugués no ha mejorado.

Ramsés, que no había captado aún el juego, consideró que resultaba imperioso un brevísimo sermón:

—Los señores tienen a su servicio un equipo completo de traductoras especializadas. Yo les rogaría que acudieran a ellas cuando se trate de leer la prensa brasileña, porque pueden ocurrir equivocaciones como ésta. Entiéndanme: no estoy proponiendo, ni siquiera sugiriendo, que no lean la prensa brasileña. Éste es un país libre y democrático, y aquí cada quien lee lo que quiere y piensa lo que le da la gana. Pero como ustedes son periodistas internacionales y necesitan precisión para sus informes...

Los tres movieron la cabeza con fingida docilidad, y Ramsés, aún asustado, pudo por fin atacar un trozo de mamão.

Entretanto, habían llegado a la sala de desayunos otros miembros de la delegación, que hacían fila frente a la gran mesa de viandas y mostraban su admiración por el despliegue de las frutas, «casi pornográfico»: así lo definió Carmelo ante dos guías de uniforme azul, que celebraron con risitas la ocurrencia.

Regina y Sergio no estaban entre los comensales. Tampoco León Finkelstein, el argentino de los grandes anteojos y la voz delgada. Nicanor Jiménez, en cambio, aprovechaba a fondo las ventajas del *buffet* y saludaba a Carmelo desde lejos con la boca llena y una frase entusiasta:

—¿Ya probó la papaya, señor Camacho?

Una vez en su habitación, Carmelo se lavó los dientes, encendió el televisor y reposó unos minutos tratando de ponerse a paz y salvo con su estómago, siempre tan sensible a los viajes. Era el momento de echar una mirada a la carpeta donde se hallaban el itinerario y las informaciones pertinentes a la visita. En medio de folletos sobre la Feria Brasil Export, una guía de São Paulo, un libro de fotografías de la petroquímica de Capuava y más folletos con información sobre la economía brasileña, encontró lo que quería: la lista de los periodistas internacionales, el equipo oficial que los acompañaba (no eran cuarenta y ocho ni cuarenta y siete, como le había oído decir a Sergio, sino veintipico) y el itinerario del viaje.

Carmelo buscó los nombres que le interesaban.

Precedido por un subtítulo que decía Ministerio de Industria y Comercio figuraba Virgilio Vicente Aguiar, Adjunto de Prensa, Ministerio de Industria y Comercio; y, debajo de Aguiar, Regina Campos Barbosa, Suboficial de Comunicaciones.

En el apartado correspondiente al Ministerio de Planeación se leía: Sergio Pinheiro, Delegado 2º de Relaciones Públicas y Enlace.

Minerva María Gusmão figuraba como auxiliar administrativa.

Un nombre destacaba en el folleto con tipografía algo soberbia. Era el de Ramsés, que no sólo se llamaba Ramsés, sino que tenía como apellidos Guimaraes da Silva y ostentaba como título el de Subsecretario del Ministerio del Interior. A Carmelo le estremeció que fuera a tener algún parentesco con Guimaraes Rosa, el autor de *Grande sertão e veredas,* pero parecía ser de otra clase de Guimaraes.

Inesperadamente, la lectura había resultado más provechosa que el cereal del desayuno. Carmelo se dirigió al baño, esperanzado, a concluir la misión matutina y cuando se dedicaba a ello golpearon en la puerta. Se movió con agilidad, se puso los calzoncillos y corrió a entreabrir la puerta para pedir a la camarera que regresara más tarde. En ese instante vio que no era la camarera. Sino Regina.

—¿Molesto? —preguntó Regina cuando advirtió que Camacho sólo exhibía una parte de la cara por la rendija de la puerta.

—No, no —mintió Carmelo—. Acababa de ducharme.

—Perdone. Es que va a ser la hora de reunirnos en el lobby y, como estoy en la habitación de al lado, pensé que podía avisarle personalmente.

—Muchas gracias —dijo el trozo visible de la boca de Carmelo—. No tardaré en bajar.

—Ha sido una indiscreción terrible, disculpe de nuevo —se excusó otra vez Regina.

—No, no —trató de convencerla Camacho con la mirada sincera de un solo ojo.

Cuando cerró la puerta, Carmelo se quedó pensando en muchas cosas. Indiscreción terrible. Vecina. No llama por teléfono, sino que pasa y golpea. Pero, sobre todo, pensó con preocupación que Regina podía haberse percatado de que no había interrumpido propiamente un baño en la ducha.

Mientras se vestía, Carmelo entendió que la suerte no estaba de su lado. Ya lo había meditado durante la noche. De todos modos, volvió a mojarse el pelo entrecano —uno de sus más firmes patrimonios personales— y se peinó de nuevo antes de bajar al vestíbulo principal. Como si hubiera salido de la ducha.

Muchos de sus colegas ya estaban en movimiento. Vio que Jiménez subía apresuradamente a un ascensor llevando en la mano varias revistas que acababa de firmar en el quiosco de prensa del hotel, y que la japonesa conversaba con un carapálida anónimo. Dos guías prestaban guardia cerca de la Recepción para lo que pudiera necesitarse, y uno de los dos alemanes, que parecía simpático, charlaba con el inglés. Tardó un par de minutos en divisar a Regina. Hablaba por uno de los teléfonos del vestíbulo, al lado del personaje de gafas negras y bigote negro (tintura, con seguridad) al que ella había identificado, simplemente, como Aguiar.

Camacho se deslizó hacia el sector de los teléfonos. Pero le fue imposible llegar hasta allí, la suerte no estaba de su lado: León Finkelstein acababa de secuestrarlo de un brazo y lo conducía hasta un rincón. Carmelo alcanzó a temer que iba a padecer un nuevo relato sobre la noche de anoche, pero el argentino tenía un tema distinto entre manos.

—¿Viste el despliegue que da hoy la prensa a la inauguración de la petroquímica? —le preguntó en tono reservado.

—Bueno, noté anuncios de página entera que festejan la obra —recordó Carmelo del desayuno—. También vi noticias complicadas sobre América Latina.

—Lo de la petroquímica es todo un show del régimen. Mirá estos titulares: «El futuro ya comenzó», «Ahora, usted construye a Brasil», «Empieza la era de la Gran Petroquímica».

—Palabras mayores —comentó Carmelo.

—Palabras *mayúsculas*. Escuchame esto: «Con la petroquímica, inauguramos un mundo nuevo y mejor para todos los brasileños».

—Supongo que era de esperarse, digo, tanto despliegue...

—Sí, pero no me gusta que a nosotros, que a mí, me vuelvan parte de ese despliegue. Mi misión es otra.

—¿Cómo así?

—Escuchá este párrafo: «Periodistas de varios países del mundo han querido hacerse presentes en el acto de hoy para dar a conocer a la audiencia internacional este paso de gigante». Bueno: pues yo no he «querido hacerme presente», como dice aquí; yo me hago presente porque Brasil Export, es decir, el gobierno brasileño, invitó a mi periódico a que enviara un articulista con los gastos abrumadoramente cubiertos, y aquí estoy. ¿Captás la diferencia?

—La capto, Finkelstein, pero no me irrita. Cuando aceptas una invitación de éstas, has firmado un contrato tácito que limita tu libertad y te expone a que te utilicen. Es así de sencillo.

—Yo no he firmado nada, viejo: yo soy un periodista al que le dan oportunidad de conocer una realidad, y quiere buscarla más allá de lo que sus anfitriones pretenden. Es mi misión. Pero no soy una pieza publicitaria.

—Lo eres desde el momento en que aceptas viajar, comer, beber y cagar por cuenta de ellos —luego agregó, cambiando de tono—: Finkelstein, aguanta con resignación cristiana estas pequeñas trampas y aprovecha la ocasión para informarte lo mejor que puedas. O lo mejor que te dejen. Es lo que hacemos todos.

El argentino meneó la cabeza, derrotado.

Carmelo le dio una palmadita cariñosa y condescendiente en el cogote y se dirigió hacia la zona de teléfonos. Al llegar, ya no estaba Regina.

—¿El señor es el famoso militarista colombiano? —preguntó a sus espaldas de pronto alguien en un español sumamente aceptable.

Carmelo volvió a mirar y se encontró, por primera vez de cerca, con Virgilio Vicente Aguiar. Era más pequeño y más flaco de lo que parecía a distancia, y, sí, el bigote presentaba serias sospechas de tintura. No así el pelo, más bien escaso, donde campeaban los blancos y los grises. Fumaba un pequeño puro cola-de-rata, y muchos decenios de humo le habían pintado los dedos de amarillo.

—¿Cómo lo supo? —dijo Carmelo, dispuesto a seguirle el juego—. No suelo incluir este dato en mi pasaporte.

—Nunca menosprecie los servicios de seguridad brasileños, amigo. Son —agregó teatralmente, en portugués y en voz más baja— los más grandes del mundo.

—Y los más secretos. Usted no me creerá, pero ayer noté que me espiaba una muchacha llamada Regina, y hoy desapareció.

—Agente nuestra, caballero. Gracias a ella supimos que usted habría querido escuchar anoche la patriótica oratoria de un militar brasileño, que son, como sabe, los militares más grandes del mundo.

—Es verdad —dijo Carmelo, gratamente sorprendido de que Regina hubiera hablado sobre él con Aguiar.

—Pues bien: hoy le daremos gusto —Aguiar seguía fingiendo absoluta seriedad, a la cual contribuía el misterio de las gafas oscuras—. ¿Está preparado para disfrutar de la oratoria del señor general Costa, ministro del Interior, con motivo de la inauguración de la Petroquímica Uniāo en Capuava?

—Altísimo honor. Sólo que no entiendo por qué el Ministro del Interior inaugura petroquímicas.

—Ah —dijo Aguiar con desilusión—. Veo que el famoso militarista colombiano aún no entiende la delicada función estratégica de la gran petroquímica.

—Vengo a aprender —replicó con humildad Camacho.

—Aprenderá. Tiene mucho que aprender del impávido coloso.

—¿Impávido coloso?

—Brasil: el más impávido de los colosos, el más colosal de los impávidos. Incluso agregaría que es el más impávido de los impávidos y el más colosal de los colosos. Invito al militarista colombiano a dirigirse a las unidades de transporte. Me parece que la organización lo llama...

En efecto, las guías invitaban a los periodistas a abordar los buses que se disponían a transportarlos a la petroquímica.

—Nos vemos más tarde, general —dijo Camacho a manera de despedida, y extendió la mano a Aguiar.

Éste sonrió por primera vez. «Mariscal», corrigió, recuperando la solemnidad.

Al subir, Carmelo divisó con el rabillo del ojo que Regina abordaba un bus distinto al suyo. Sergio también.

Es bello, es fuerte

A Carmelo le hastiaban mortalmente las fábricas. Alguna vez, cuando empezaba a trabajar en el periódico, tuvo que cubrir la inauguración de una fábrica de cerveza en Barranquilla, y, aunque sus compañeros confesaron que se morían de la envidia ante semejante viaje, Carmelo regresó asqueado por lo que había visto. Se propuso hacer a los lectores una descripción realista de los tanques, las espumas, los olores, los colores, y acabó vomitando sobre la máquina de escribir. Nunca más volvió a tomar cerveza.

Lo que no podía saber es que la petroquímica iba a producirle una antipatía aún mayor. Recipientes tan grandes como edificios, tubos enormes, chimeneas, ingenieros entusiastas que explicaban con pasión el proceso de los polímeros.

El grupo seguía mansamente a los guías, las traductoras procuraban ser fieles a la terminología técnica, algunos P.I. tomaban notas apresuradas, otros se contentaban con expresar un interés global, y algunos más, para que no pillaran su absoluta indiferencia, formulaban de vez en cuando una pregunta con cara muy seria. Era el caso de Carmelo. Ramsés lo había notado, y en cierto punto se le acercó, lo tomó afectuosamente por el brazo y le dijo en portuñol: «Te confieso que yo de esto tampoco entiendo nada. Prometo que habrá cosas más entretenidas». Carmelo respondió que estaba aprendiendo muchísimo.

Mientras caminaban hacia la siguiente chimenea, Carmelo procuró conversar con los colegas que le resultaban más simpáticos, o tender puentes hacia las guías y las traductoras. Regina había llegado en el segundo bus, pero no formaba parte del grupo que recorría la planta.

Sergio Pinheiro sí. Lo abordó cuando Carmelo tomaba café y conversaba con Nicanor Jiménez y León Finkelstein en un descanso del paseo. El defensor de Botafogo se mostró simpático con él y lo felicitó por el triunfo de Colombia. Por favor, sé un poco más explícito, le pidió Carmelo. Anoche, explicó Pinheiro en forma más explícita, la Selección Colombia derrotó a la de Centroamérica en el Grupo I de la Copa Independencia. Finkelstein intervino: también te felicito, pero lamento decirte que en ese mismo grupo está Argentina, que será la vencedora. Sergio opinó que Argentina no tenía nada que hacer: la final iba a ser Brasil-Francia. Finkelstein anunció que serían Argentina y Brasil, y prometió ir al Maracaná a festejarlo, si estamos en ese momento en Rio de Janeiro. Pinheiro dijo que la noche de la final coincidía con la visita de los P.I. a Rio, y aceptó el reto. Carmelo se sintió abrumado y Jiménez recordó que Brasil estaba celebrando alguna fecha histórica con una Copa Internacional de Fútbol. Pinheiro volvió a ser más explícito: se conmemoraban ciento cincuenta años de aquel día en que Dom Pedro I, príncipe regente de Portugal en Brasil, se negó a regresar a Europa y fundó el Brasil independiente. Espera, espera, dijo Finkelstein: ya entiendo por qué están paseando los restos mortales de Dom Pedro I por varias ciudades del Brasil. Hoy leí que llegaron a no sé dónde. A Carmelo se le iluminaron los ojos: o sea que no somos los únicos que estamos en gira: tenemos competencia, nada menos que los restos de Dom Pedro I. Querido Pinheiro, agregó, quedas encargado de estudiar los movimientos de Dom Pedro para que no consiga ganarnos terreno. Si hay etapas de montaña, avísame: los colombianos somos muy buenos para escalar cordilleras. Jiménez se reía por lo bajito, y Finkelstein acogió el duelo con Dom Pedro como uno de los objetivos primordiales del viaje. Dado que parte de su trabajo era revisar y marcar la prensa, Sergio Pinheiro se ofreció a llevar un álbum con recortes completos del itinerario de Dom Pedro. Terminados los dos periplos, era cuestión de sumar kilómetros y declarar un ganador. Por lo menos seremos subcampeones, pronosticó Carmelo. Pero supongo, aventuró Jiménez, que queda en pie la final en el Maracaná. Claro que sí, dijeron todos: queda en pie. Pinheiro agregó: será una linda despedida, porque el partido se juega el 28 de junio, víspera de que termine la visita de los Honorables Periodistas Internacionales. Camacho declaró que resultaba evidente cuál iba a ser el resultado de la final: Colombia dos, Brasil cero. Argentina uno, Brasil cero, vaticinó Finkelstein. Brasil tres, Argentina cero, sacó pecho Sergio. Supongo que la organización pagará las entradas, dijo Jiménez.

—Alzo mi taza de café para solemnizar el compromiso —exclamó Finkelstein con protocolario ademán, y se puso de pie—: Los cuatro iremos juntos al Maracaná en la noche del miércoles 28, y el ganador tendré el placer de ser felicitado por ustedes tres.

Todos levantaron la taza.

—Este café no es el más suave del mundo —rubricó Carmelo con un gesto de desagrado—, pero a pesar de eso acepto el compromiso.

La visita continuó con una prolongada explicación sobre monómeros. Carmelo no había dejado de pensar qué habría ocurrido con Regina. Incansables, los técnicos de la petroquímica seguían enseñando con orgullo una tubería de alambiques por cuyo interior —aseguraban— podría circular un tren.

—No sé para qué quieren meter un tren en el alambique —susurró Carmelo a Finkelstein.

Visto el alambique y agotados los uhhs y ahhs de admiración, el grupo siguió su marcha.

—Fijate vos —comentó el argentino—: El país que inaugura esta petroquímica gigantesca no tiene petróleo. Lo importa casi todo. No quiero imaginarme lo que pasaría si subieran un poco los precios.

—O si se acabara el petróleo —agregó Carmelo—. Yo siempre he temido que se agoten las reservas de petróleo. Un día los pozos de la Texas o de la Esso empezarán a arrojar pedazos de fósil y agua salada, y entonces sabremos que se liquidó la civilización industrial.

De chimenea en chimenea y de tanque en tanque la delegación llegó por fin al lugar donde la inauguración iba a producirse. En un patio enorme habían sido colocadas no menos de quinientas butacas, y, encima del escenario improvisado, reinaban varias sillas, un micrófono y una mesa rústica con un mantel que le cubría las vergüenzas. Los periodistas internacionales fueron acomodados en tercera fila. Otros grupos de autoridades, empresarios, periodistas locales e invitados especiales copaban el resto del improvisado auditorio.

Carmelo vio a Regina, que conversaba con Aguiar, y sintió un alivio. Medio minuto después estaba con ellos. Aguiar lo saludó con la fórmula de la víspera, y el famoso militarista colombiano, el pequeño funcionario de bigote tinto y puro cola-de-rata y la suboficial de comunicaciones del ministerio de Industria y Comercio tomaron asiento juntos. Poco iban a tardar en subir al estrado el ministro del Interior, general José Costa Cavalcanti, y los ilustres ocupantes de la mesa principal. Entre ellos, Carmelo alcanzó a contar cinco militares tachonados de condecoraciones.

Tras unas palabras de saludo a cargo del presidente de la empresa, este cedió el micrófono al general, cuya presencia —dijo— nos honra en el día de hoy, un día histórico para Brasil. El general desenvainó unos papeles, acomodó el micrófono y se preparó para leer el discurso. Regina había colocado la grabadora en un lugar estratégico y la puso en marcha.

Aguiar hizo una leve seña a Carmelo con el índice amarillento, como invitándolo a prestar atención al trascendental momento que les había sido concedido presenciar.

El discurso empezó con erudiciones técnicas poco inspiradoras sobre las cuales Carmelo fingía tomar notas, para no quedarse atrás de sus compañeros. Ahorros anuales de millones de dólares, abastecimiento de materia prima equivalente a miles de toneladas, incremento de un veintitantos por ciento de la capacidad productiva sectorial... Carmelo miró de soslayo a Aguiar, y éste le hizo señas con la mano de que tuviera paciencia. De pronto, el general pronunció algunas frases del corte de «un mundo mejor para todos los brasileños», «el futuro ya comenzó», «admiración mundial», y Aguiar levantó las cejas: el discurso enrumbaba definitivamente hacia la tierra oratoria prometida. El Ministro elogió la revolución que estaba transformando pacíficamente y para siempre la suerte del Brasil, anunció que el país llegaría al siglo XXI entre el grupo dorado de las naciones más desarrolladas del planeta, invocó la comprensión internacional para el pujante experimento de desarrollo que realizaba el binomio imbatible de la fuerza de las armas y la fuerza del capital, y soltó la descarga final:

«Este país poderoso que aquí ven, representado por esta fábrica de fábricas, hace apenas pocos años estaba esclavizado por la pobreza y atemorizado por el terrorismo. La revolución pacífica ha dicho: ¡nunca más!; y su pulso firme ha construido en solo ocho años los dos cimientos de nuestra nueva etapa como república: seguridad nacional y prosperidad económica. Aún existen brotes minúsculos de rebeldía, pero Brasil nunca más volverá a vivir aquella época infame. Como bien ha señalado el Señor Presidente de la República, general Emilio Garrastazu Médici, es indispensable reducir a quienes sólo piensan en una revolución social que nos desuniría a todos, sacrificaría generaciones, agravaría la miseria y retardaría el hallazgo de nuestro camino.

»Brasil es un gigante, señores. Es un gigante por sus dimensiones territoriales, es un gigante por el número de sus habitantes, es un gigante por la variedad y desmesura de sus ciudades, sus selvas, sus llanos, sus ríos, sus mares. Pero es un gigante, sobre todo, por su vocación de futuro y su espíritu de progreso. Ya lo dice nuestro himno nacional (aquí se pusieron de pie los cinco militares, y su respetuosa actitud fue imitada por todos los presentes):

> Gigante por la propia naturaleza,
> es bello, es fuerte: impávido coloso,
> y tu futuro refleja esa grandeza».

Una tempestad de aplausos ahogó la última línea del discurso del General-Ministro, que declaraba inaugurada la planta, y enseguida el presidente de la empresa estuvo a punto de ahogar al propio general en un abrazo emocionado.

—Impávido coloso —repitió en voz baja Camacho a Aguiar. Ya sabía de dónde procedía la mención de su primer encuentro.

—Impávido, pero no por ello menos coloso —añadió Aguiar en tono de advertencia.

—¿Quiere sugerir que podría ponerse pávido, si resulta indispensable?

—¡Podría!

—Entendido, Mariscal.

Fingiendo colocarse de nuevo el sombrero del que se había despojado, Aguiar empujó nariz arriba las gafas oscuras con el índice, hizo un disimuladísimo saludo militar y rompió filas en dirección a la mesa donde bebidas espirituosas y de las otras prometían un reparador final de inauguración a los asistentes.

Camacho y Regina quedaban solos.

—Veo que te llevas bien con Aguiar —dijo ella, que había escuchado los comentarios divertida.

—Estamos en la misma sintonía. Lo que no entiendo es cómo supo él que en mí tenía cómplice para bromas que, supongo, no serían de muy buen recibo en ciertos sectores.

—Yo hablo frecuentemente con Aguiar. Lo quiero mucho. Es un tipo muy inteligente que acabó devorado por la selva burocrática.

—Devorado no diría yo. Cauteloso. Conserva un humor muy crítico y sus ideas no son propiamente las que se esperan de un adjunto de prensa en un régimen militar.

Regina vaciló un segundo.

—Aguiar perteneció al Partido Comunista Brasileiro. Hace años, por supuesto. Con Goulart habría llegado lejos. Pero hasta los antiguos comunistas sueñan con una pensión de retiro.

—No le faltará mucho para conseguirla, me imagino.

—Es poeta, ¿sabe? Y escribe a las maravillas. Es lo que yo llamo un tipo fuera de corriente.

—Supongo que a él le contarás muchas de tus cosas.

—Bueno, algunas —respondió Regina.

—Quiero decir que uno siempre tiene alguien con quien compartir las cosas que siente, ¿me explico? Las cosas del corazón, del amor.

—A Aguiar no. Para eso tengo a mi marido.

La cara de Camacho copió primero el color de leche y un segundo después se ruborizó con ese enrojecimiento que hace subir la temperatura, con ese enrojecimiento que percibe por mecanismos térmicos internos el que lo sufre, pero no puede hacer nada por evitarlo. Camacho sabía que se había puesto colorado y que Regina sabía que él lo sabía. Logró exclamar entre balbuceos «No me digas que eres casada», y pudo disimular a medias agregando «tan jovencita», cuando la muchacha no resistió más y estalló en una carcajada.

—Nada, nada —le dijo—. Era una broma. Soltera como santa María Goretti.

—¿Y sin compromiso?

Regina vaciló un segundo y después dijo:

—Casi.

Camacho, que se había metido en el pantano, ahora quería salirse de él.

—En fin —comentó, señalando la mesa de las bebidas—, estamos de acuerdo: Aguiar es un tipo fuera de lo corriente.

—Oiga —le dijo Regina antes de que se reunieran con los demás—: Un día me explicará por qué todos los hombres siempre tratan de colar alusiones de conquista en conversaciones que nada tienen que ver con asuntos personales, y luego salen corriendo.

—No todos —dijo Camacho—. Sólo ciertos hombres y por ciertas razones. La principal es evitar que ciertas mujeres ilusas piensen que están en plan de conquista.

—¿Ah, sí? —preguntó ella francamente desconcertada.

—Y deja de llamarme *usted,* que no soy tu obispo.

Carmelo echó mano a una caipirinha y se incorporó a un corrillo que conversaba con el vicepresidente de la petroquímica acerca de la producción industrial, el endeudamiento externo y la inflación. Camacho padeció unos minutos la torturante charla y luego se alejó discretamente en busca de mejores horizontes. Nicanor Jiménez se había hecho amigo del japonés y Camacho se acercó a ellos. Tenía curiosidad de saber cómo diablos se entendían un oriental bromista y un mexicano que insistía en llamarlo «señor». Jiménez atacaba ya la segunda caipirinha, a la cual llamaba ahora *pispiriña.* ¡Señor Camacho!, lo saludó con alegría al verlo a su lado. El japonés hizo un gracioso movimiento de saludo inspirado en las artes marciales. Hablábamos sobre la comida mexicana, explicó Jiménez. Sigan, por favor, pidió Camacho. Le sorprendió el dominio del inglés que demostraba Jiménez y, cuando se lo dijo, el mexicano explicó que había sido conductor de camión en California durante varios años. Tengo dos nietos en San Diego, agregó.

A esas alturas, invitaron a pasar a las mesas para almorzar. El colombiano sabía que la dinámica de los grupos es caprichosa, y si no escoges pronto y te aferras con firmeza a los compañeros que quieres como vecinos de rato, puedes terminar sentado al lado del jefe de compras de la petroquímica o, peor aún, vecino del alemán hermético. Así, pues, Camacho se pegó de inmediato a un grupo en el que estaban, entre otros, el argentino y el mexicano. Poco después recibió una reconfortante sorpresa: Regina ocupó asiento a su lado.

—Noto que prefieres sentarte con los que conoces —le dijo.

—Estos viajes —repuso Camacho— me han enseñado que hay dos tipos de invitados: los centrífugos y los centrípetos. Supongo que en portugués se dice igual.

Regina asintió y le pidió que le explicase un poco más. Carmelo se sintió en terreno firme.

—Los centrífugos buscan nuevos conocidos, adoran los diálogos sobre otros países y otras culturas, quieren enriquecer su información, escapan hacia afuera...

—¿Y los otros que dicen?

—Los centrípetos prefieren lo contrario: lo que les es familiar y conocido. Tan pronto como descubren personas interesantes, insisten en su compañía. No están obsesionados por ampliar su libreta, sino por hacer más intensa la relación con aquellos con los que simpatizan. El centrípeto huye hacia adentro: allí se siente tibio, seguro, sabroso...

—Y tú eres centrípeto, por supuesto.

—Hasta la tumba. A ti, en cambio, no logro definirte...

Regina hizo un gesto escéptico. Carmelo continuó:

—A veces diría que prefieres el grupo pequeño con el que pasas divertida, incluso la reunión íntima con personas que te gustan. Y a veces me doy cuenta de que lo que te gusta es hablar con todos, estar al corriente de todos, ser igualmente amiga de todos. Por eso no sabría decir si eres centrípeta o centrífuga.

Regina pensó durante unos segundos.

—Soy ambas. Mi carácter es centrípeto, pero mi trabajo me obliga a ser centrífuga.

—Es una buena explicación —dijo Camacho.

En ese momento la inglesa alta preguntó si consideraban mala educación suya pedirles que hablaran en una lengua conocida.

—Tienes razón —dijo Regina, en inglés.

—¡Centrífuga! —la acusó Camacho por lo bajo.

Terminado el almuerzo, los invitados salieron a tomar el café a un futuro jardín, que por ahora era apenas una parcela de tierra ocre con setos. Camacho sabía que necesitaba hablar unas palabras más con Regina. Le molestaban estos diálogos interrumpidos que son típicos de las reuniones sociales. Al mismo tiempo, consideraba una inversión mantenerse a distancia. Regina se encargó de solucionar el problema, pues se acercó a él con la taza de café en la mano y cambió totalmente de tema.

—¿Te va gustando el milagro brasileño?

Carmelo notó que había pasado a tutearlo. Ya no era *o senhor,* sino *você.*

El colombiano prefirió saltarse los rodeos inteligentes y aprovechar la ocasión.

—Hablando de milagros, he averiguado algo muy interesante. Ya sé quién era el santo del papelito de anoche.

Regina sonrió.

—Mentira. A ver, ¿quién es?

—Los periodistas no revelamos las fuentes. Pero te juro que lo supe —mintió Carmelo.

Regina pareció creerle.

—Si es así, debiste de averiguarlo en la Recepción del hotel, porque yo a nadie le he comentado nada.

—¡Ja! —exclamó Carmelo—. ¿Me crees capaz de una cosa así? Odio el estereotipo del marido celoso, especialmente cuando no soy celoso, ni marido.

—Está bien —dijo ella resignadamente—. «Los periodistas no revelan sus fuentes.» Lo curioso es que te veo muy interesado en el asunto...

—No más que en el proceso de producción de los polímeros. Soy un periodista, y nada de lo que es humano me es ajeno. Como dijo el filósofo.

Regina sonrió y comentó que debía poner fin a la charla. Tenía que enviar a la oficina central de Brasilia un reporte sobre el discurso del Ministro.

—Está bien. Tal vez en otro momento te decidas a plantearme el tema que te llevó esta mañana a golpear en mi habitación.

Ella hizo un gesto de sorpresa.

—Esta mañana golpeé en tu habitación porque pensé que, si estabas listo, podíamos bajar juntos.

—Y, de paso, conversar sobre cierto asunto.

—No sé de qué hablas.

—Anoche, en el piso treinta y dos del Hotel Hilton, alguien preguntó a alguien si era malo enredar el trabajo con la diversión, y alguien pidió a alguien que le aclarara si se refería a la diversión o al amor.

—Sí.

—Bueno: estoy esperando la aclaración, para poderte responder. De ella depende que me toque acudir al apoyo de la filosofía y la literatura universales.

Regina denotó una súbita preocupación.

—No sé si ya es tarde para que me respondas nada.

—A ver, a ver: ¿hace doce horas estabas dispuesta a sumergirte en las aguas de semejante lago existencial, y ahora no?

—Exactamente.

—No te entiendo —le reprochó Carmelo.

—Me temo que ahora *ya* estoy nadando en el lago —dijo Regina mientras empezaba a retirarse—. Sólo espero no ahogarme.

Carmelo había soñado con una buena siesta en el camino de regreso, y por eso pasó de largo al ver que el asiento vecino a Finkelstein estaba vacío. Ocupó una de las últimas bancas y cerró los ojos. Fue entonces cuando sintió que alguien le rozaba la pierna. Era la periodista japonesa, que se había instalado al lado suyo y ofrecía disculpas por molestarlo. Carmelo sonrió, que no se preocupara. La japonesa hizo un gesto tímido. Carmelo volvió a cerrar los ojos. Y luego, pasados un par de minutos, Ayumi, que así se llamaba la japonesa, carraspeó y le habló en inglés con voz de té:

—Vi que es usted colombiano.

Carmelo abrió los ojos y asintió. Ella volvió a sonreír con timidez.

—Me pregunto —dijo Ayumi— si le molestaría conversar un poco sobre *Cien años de soledad*. O, perdone, tal vez en otro momento...

—No sabía que estaba traducida al japonés —dijo Carmelo resignadamente.

Ayumi alzó los hombros. De cerca, Carmelo pudo corroborar la impresión que le había producido de lejos. Era una chica desgarbada y fea. Mal de pecho, flaca de piernas, pelo lacio, cara abotagada, cuello largo, cutis de guante quirúrgico.

—La verdad, no sé si está traducida —comentó Ayumi—. Yo la leí en inglés.

—Entonces, leíste una versión que es mejor que el original. La de Rabassa. Lo dice el propio García Márquez.

—¡Un gran poeta! —sentenció Ayumi—. Yo quiero saber si el señor Márquez conoce el Japón.

Carmelo lo ignoraba, pero apostaría a que no.

—Lo digo —explicó Ayumi— porque encontré muy parecidos a Macondo y el Japón. Hay ambientes y personajes de Macondo que son sorprendentemente japoneses.

—Macondo está en todas partes —le dijo Carmelo, sin poder evitar un tono algo retórico—. Macondo es una manera de mirar.

Ayumi dijo oh y preguntó a Carmelo si no le importaría que ella anotase su comentario. A lo mejor le serviría para las notas sobre Brasil y América Latina que pensaba publicar en el *Asahi Shimbun*. Después estiraron la conversación y los silencios sobre Macondo, Japón y Literatura durante más de tres horas. El tráfico de entrada a la ciudad estaba endemoniado. Cada vez era menos la conversación y eran más los silencios.

Cuando finalmente el bus se detuvo frente al hotel, iban a ser las diez de la noche. Todos subieron a sus habitaciones, pero el colombiano permaneció abajo; se entretuvo en pequeñas disculpas; exploró el quiosco de prensa; fingió examinar los murales; hojeó una revista en el vestíbulo. Estaba a la espera del segundo bus y de Regina, pero se negaba a aceptarlo ante sí mismo. Casi sin darse cuenta, se incorporó y llegó a Recepción; y también casi sin proponérselo preguntó, en tono de absoluto desinterés, por el nombre del inquilino de la 1606. El recepcionista le respondió con amabilidad profesional que lo sentía mucho: era un dato que la gerencia tenía prohibido suministrar. Carmelo se afanó por manifestar que lo entendía, que estaba de acuerdo, que no había problema, que sólo quería verificar si era esa la habitación de un amigo suyo. Con la misma cortesía seca, el recepcionista le solicitó el nombre del amigo. Carmelo dijo el primero que se le ocurrió: Nicanor Jiménez. El funcionario consultó el kárdex. «El señor Jiménez está en la 2803», dijo. El colombiano se alejó agradecidísimo en dirección a la puerta.

Estaba dispuesto a abandonar toda esperanza sobre la llegada del segundo bus, cuando escuchó que lo llamaban. Era el argentino, que había bajado en busca de unas revistas.

—¿Qué hacés? —preguntó Finkelstein.

—Nada. Estiro un poco las piernas.

—¿Y tu amiga japonesa? —consultó el argentino con un guiño—. No está mal del todo.

Desestabilizado por la sorpresa, Camacho sólo pudo decir, no, no está mal del todo.

—Bueno, regreso a mi guarida. ¿Vos subís?

—Sí —tartamudeó Carmelo echando una última mirada hacia la puerta viendo que se deshacía la esperanza de que apareciera Regina—. Ya es tarde.

Noticias del imperio

En la circular que dejó la organización en cada cuarto decía: «Sábado 17. Damas: Vestido formal. Caballeros: Traje y corbata. Está confirmada la presencia del Excmo. Sr. Presidente de la República».

Carmelo se lo temía. Mandó planchar el vestido azul oscuro y la corbata a rayas que había usado la primera noche en São Paulo. Era el atuendo que más podía odiar. Los directivos del periódico pensaban que su rechazo a la corbata era una actitud política; en realidad, era un ejercicio de libertad de pescuezo. Cuando huía del traje y la corbata se sentía como los que escapan del patíbulo, un pequeño patíbulo que le incomodaba en lo físico y acababa por deprimirlo en lo anímico. Pero tenía claro que en ciertos actos le tocaba amarrarse ese trozo florido de horca porque estaba representando al Periódico (lo pensaba con P), y el Periódico consideraba que su encarnación mortal exigía corbata. Había sido discutido y acordado.

Empezó a anudarse la corbata, operación que le demandaba concentrar toda su atención y convocar casi todos sus músculos, cuando sonó el teléfono. El nudo se desmadejó como una culebra muerta.

—¡Coño! —exclamó Camacho.

Era Finkelstein.

—¿Viste? —la voz del argentino sonaba ansiosa—. Asiste el Presidente de la República.

—Ya lo vi —contestó Carmelo.

—¿Y...? —preguntó Finkelstein.

—¿Y qué?

—¿No creés que es una oportunidad de oro?

Carmelo adivinó que Finkelstein estaba preparando algún plan horrible.

—Finkelstein... —le dijo en tono de advertencia.

—Es la única vez que vamos a estar con él.

—Por fortuna. Pero no te atrevas a inventar nada. Seremos un grupo minúsculo y anónimo perdido en medio de una selva de asistentes a la inauguración del Palacio de Convenciones.

—Somos Periodistas Internacionales —reivindicó Finkelstein.

—Está bien, corrijo: seremos un minúsculo grupo de estirados Periodistas Internacionales perdidos en una marejada de personas que asistirán a la inauguración del Palacio de Congresos.

—Te repito: hay una oportunidad de hablar con él.

—Sí: la misma que tienes de asistir a la tribuna en un partido de fútbol y conversar con el centro delantero, Finkelstein. ¿Por qué más bien no le envías una carta de agradecimiento? Eso sí, a nombre personal. No me metas a mí.

—No me entendés —el argentino ensayó a ser paciente—. Yo no quiero agradecerle nada. Lo que quiero es formularle algunas preguntas.

—¡Por Dios, Finkelstein! ¿Como las que hiciste a Delfim Neto? ¿Por qué no te limitas a asistir, mirar y aburrirte, como haremos todos? Veo que te falta viajar mucho en esta clase de invitaciones.

—Pensé que, como periodistas, veníamos a hacer preguntas —opinó Finkelstein con un dejo que intentaba ser sarcástico.

—Oye: te he dicho que dejes de sentirte un misionero armado de libreta y lápiz. Las preguntas se hacen cuando tienes una oportunidad profesional de hacerlas, no cuando te toca lanzarte al foro como se tira un espontáneo a la arena.

—Me pierdo —titubeó el argentino.

—Sí, esos tipos que se tiran a la placita redonda donde están los toros bravos, ¿me sigues?, con un trapo rojo y un palo por toda armadura. ¿Sabes cómo suelen terminar?

—Me lo imagino.

—Destripados, sí. Como terminarás tú si se te ocurre subirte al estrado e interrumpir el discurso del Presidente para hacerle algunas de tus pregunticas.

Transcurrieron cuatro o cinco segundos y Finkelstein volvió a la carga un poco más tranquilo.

—Sólo quiero preguntarle si él cree que es viable un modelo de desarrollo económico veloz sin apoyo en la represión social.

—«Un modelo de desarrollo económico veloz sin apoyo en la represión social» —repitió Carmelo—. Una pregunta encantadora. Al Presidente le fascinará, créeme. Tu cadáver será repatriado a la Argentina envuelto en la bandera brasileña.

—No creo que la policía se atreva a tocarme —desafió Finkelstein sintiéndose heroico.

—La policía, no: ¡yo! Te juro que ante las cámaras de televisión de todo Brasil yo personalmente te estrangularé antes de que logres hacer la pregunta, y le entregaré a Garrastazu Médici el cadáver como recuerdo del grupo.

Hubo un nuevo silencio.

—Veo que a vos no te interesa averiguar lo que está pasando aquí —dijo Finkelstein antes de colgar.

Carmelo miró el teléfono ya desconectado y suspiró hondo. Debían bajar antes de veinte minutos. Volvió a ensayar el nudo de la corbata, pero le fue imposible trenzarlo. La llamada de Finkelstein lo había dejado temblando. Luego de nuevos intentos fallidos, y agobiado de preocupación por lo que podría hacer el peligroso león argentino, Camacho se embutió el saco, guardó la corbata en un bolsillo con intención de anudársela más tarde, y bajó apresuradamente.

En el lobby ya estaban reunidos algunos de los miembros de la delegación. Carmelo estaba intranquilo. Pensaba que Finkelstein sería capaz de cualquier cosa con tal de fulminar al Presidente con su maldita pregunta; la cual, seguramente, iría precedida de un agradecimiento capaz de abochornarlos a todos. Con inquietud creciente concluyó que algo había que hacer. No halló a nadie de la organización. No vio a Regina. Tampoco a Aguiar. Ni siquiera a Sergio Pinheiro. Sólo divisó a Ramsés, que se dirigía a comprar algo en la tienda del hotel.

Los P.I. estaban en general muy elegantes y bien peinados para la ocasión. En solemne fila india abordaron los vehículos (¿buses, autobuses, omnibuses, autocares?, pensó Carmelo. El lenguaje era uno de sus más aborrecibles tics de colombiano. Buseta, no. No en Brasil. Se lo había explicado Sergio Pinheiro un día antes). Uno de los alemanes, el hermético, rompió su fastidiado silencio de cuarenta años largos para preguntar a Ramsés cómo debería dirigirse al Presidente de la República.

—Amigo —le explicó Ramsés—, no creo que las circunstancias permitan acercarse a él. Hemos sido invitados a la inauguración para que puedan ustedes ver un monumento al Brasil del siglo XXI. Pero en realidad el Excelentísimo Señor Presidente estará ocupado en un Encuentro de Unidad Nacional en el que participan gobernadores de dieciocho estados. No tendrá tiempo para recibirnos.

Y, antes de que se desencantaran los (pocos) aspirantes a saludar al Presidente (Camacho pensó que siempre hay candidatos para todo, incluso para saludar a un Presidente), Ramsés agregó:

—Lo interesante es que aquí, en este mismo recinto, se celebrará la Feria Brasileña de Exportaciones entre el 5 y el 14 de septiembre próximos. Tal vez eso sea lo que a ustedes más les llamará la atención...

Bajaron de los dos mini-auto-omni-buses como escolares en día de sesión de fin de curso. Algunos de los P.I. estaban irreconocibles en su traje oscuro. La inglesa alta sobresalía media cabeza por encima de las mujeres del grupo. Regina llegó en el segundo vehículo. Había cambiado sus trajes ligeros de flores por algo parecido a un uniforme negro. Carmelo pensó que lograba difícil equilibrio en los zapatos oscuros de tacón alto y se quedó mirándola con una sonrisa de regocijada admiración.

—No me mires así —le dijo ella en voz baja al pasar por su lado—. No soy yo, soy mi hermana, la secretaria de banco.

—Yo tampoco soy yo —le contestó Carmelo—. Soy el gerente del banco. El que sale con tu hermana.

Regina lo miró con falso reproche y luego pasó revista a los presentes. Notó que faltaba el argentino, y se acercó a Ramsés.

—Oye —le dijo Regina—, me parece que Finkelstein no ha venido.

Ramsés la cortó rápidamente, y respondió en voz alta para que oyera quien quisiera oír:

—No hay problema: aquí no es obligatorio asistir a ningún acto. Hay plena libertad. Si el señor Finkelstein prefirió quedarse en el hotel, allá él.

Regina alzó los hombros, y todos se dirigieron hacia la puerta principal del edificio. El japonés comentó a Carmelo que el parque estaba custodiado por el Ejército, y Camacho le explicó que eso era lo habitual en América Latina. ¿Acaso no es así en el Japón?

—No —contestó el japonés fingiendo absoluta seriedad—. Allí todo está vigilado por luchadores de sumo.

La ceremonia resultó peor de lo que cabía esperar. El Palacio estaba repleto y los P.I. conformaban un minúsculo grupo perdido en medio de una selva de asistentes, como lo había pronosticado el colombiano. Finkelstein no habría podido preguntar nada al Excelentísimo ni aunque el Excelentísimo lo hubiera exigido a las Fuerzas Armadas. Presintiendo preciosa perorata presidencial, Carmelo se escurrió con disimulo hasta situarse al lado de Aguiar. Era la tabla del náufrago. Pero Aguiar tardó poco en descorazonarlo. El Presidente padecía una leve afección a la garganta y había preferido ceder el micrófono al ministro de Planeación, João Paulo Reis Veloso. «Uno de los tipos más aburridos que es posible conocer al sur de Las Vegas», le explicó en voz baja Aguiar.

Reis Veloso apacentó unas pocas palabras, habló con tono cansado acerca de la Feria Brasileña de Exportaciones y de otros acontecimientos programados en el Palacio de Congresos y declaró inaugurado el recinto.

—¿Te das cuenta? —comentó Aguiar—. Ninguna cita de «paz en el futuro y gloria en el pasado», que se le habría ocurrido incluso a Garrincha. Ni siquiera una alusión al Impávido Coloso. Chato, chato, chato...

—Deja en paz el sagrado nombre de Garrincha y trata de que nos marchemos pronto —le rogó Carmelo.

Con disimulo, Aguiar juntó los brazos al cuerpo y miró hacia el frente. Carmelo oyó el golpe seco de los tacones al chocar.

—Entendido, Mariscal —le dijo Aguiar entre dientes, y empujó los anteojos, que tenían la tendencia a resbalar hasta la punta de la nariz.

Camacho buscó con la mirada a Regina y la encontró conversando con los alemanes y el francés. Hablaban en inglés y ella les explicaba algunas características del Palacio de Congresos, con datos que extraía de un folleto. El colombiano se aproximó al grupo. El tema también era chato, chato, chato, pero Regina se esmeraba en satisfacer las inquietudes de los huéspedes. Carmelo escuchó unas pocas respuestas y de repente vio que tenía enfrente una oportunidad inesperada. Mientras la chica seguía hablando y leyendo, Carmelo le pidió amablemente la cartera y los demás papeles a fin de que pudiera manejar el folleto con mayor facilidad. Ella le agradeció con un gesto, sin dejar de explicar la obra a los periodistas, curiosamente interesados en el edificio.

Fingiéndose distraído, Carmelo se distanció unos pocos pasos del cuarteto. Y una vez lejos de la vista de Regina, abrió la carpeta y buscó un papel. Allí estaba: era la lista de periodistas y funcionarios con sus correspondientes números de habitación. Rápidamente repasó con los ojos los renglones, hasta que descubrió el número 1606.

Carmelo quedó atónito.

—¿Quién te ha autorizado a mirar mis papeles? —le reprochó Regina, que acababa de llegar hasta él.

—No lo habría sospechado jamás —comentó Carmelo sorprendido—. Gringo del carajo...

Regina le arrebató los papeles de un tirón. En ellos aparecía el nombre del ex corresponsal del *Washington Post* frente a la habitación 1606.

—¡Eres un malcriado!

—Malcriado, él. Yo, por lo menos, nunca te he dejado papelitos.

La muchacha le dio la espalda y se marchó irritada.

Carmelo consideró que había cumplido ya con la República Federal del Brasil y su Excelentísimo Presidente, así que se despojó del saco azul, aflojó la corbata, desabotonó el botón superior de la camisa y se entregó a la multitud que abandonaba el Palacio, sin dejar de pensar en las agallas del gringo.

Afuera lo esperaban Sergio Pinheiro y Nicanor Jiménez, *Míster México*. Le preguntaron qué habría pasado con Finkelstein, y Carmelo respondió que no sabía. Eso sí, le extrañaba que no hubiera acudido a la inauguración, porque estaba decidido a formular una pregunta al mismísimo Presidente. Debió de quedarse dormido, dijo Jiménez. Parece que anoche estuvo trasnochando, como mi vecino. Y señaló con una sonrisa a Pinheiro, que llevaba gafas de sol y un atuendo impecable. Pinheiro sonrió también y le dijo a Jiménez que mejor se callara, porque él también podría contar lo que le ocurre a un mexicano cuando se le va la mano en caipirinhas. Nomás que yo bebía solo, respondió Jiménez. Pinheiro volvió a reír, y Carmelo les dijo, sin poder ocultar su molestia, que si acaso lo estaban esperando para ser testigo de sus diálogos personales. No, no, le dijo Jiménez. Es que Sergio Pinheiro tiene una joyita. ¿Se acuerda de la carrera aquella que planteamos? Carmelo no sabía bien de qué le estaba hablando el mexicano y le pidió que se explicara mejor. La del Rey, señor Camacho, sonrió Jiménez. La del Emperador, corrigió Pinheiro. Tengo unos datos tristes sobre el viaje post mórtem de Dom Pedro I de Brasil y IV de Portugal, y extrajo del bolsillo un par de papeles arrancados de la prensa. Los recortes mencionaban que «la caravana histórica que acompaña los restos mortales del Protector y Defensor Perpetuo y más tarde Primer Emperador de Brasil dirá adiós a Fortaleza mañana y se dirigirá en un avión de la FAB hacia Recife, en Pernambuco, donde el ilustre cadáver permanecerá expuesto al cariño de la ciudadanía hasta el martes 20. Ese día será conducido a Salvador, en Bahía, que acogerá la memoria palpable del soberano hasta el 23». Mala suerte, comentó Sergio. ¿Por qué?, preguntó Carmelo. Explícale, intervino Jiménez. En efecto, agregó Sergio: mala suerte. Por unas pocas horas no nos encontraremos con Dom Pedro. Fíjense y verán: la «caravana histórica» viajará mañana a Recife, mientras nosotros salimos hacia Bahía. Y en Recife permanecerá hasta el martes. Ese día llegará, supongo, al comenzar la tarde. Para entonces, nosotros estaremos volando hacia Brasilia. El desencuentro es inevitable.

Carmelo comprendió el desencuentro (le encantaba esa palabra que había oído en un disco de Vinicius de Moraes y que tanto empleaban los brasileños), pero no entendía que eso pudiera influir en la carrera. Quizás al final no resulte tan malo, dijo, pues si pensamos que la meta es Salvador, nos coronaremos ganadores y Dom Pedro I será digno subcampeón. No, volvió a corregir Sergio. La meta no es Salvador. La meta es São Paulo. Pues si eso es así, proclamó Camacho, estamos ahora mismo en São Paulo y hemos vencido ya por w.o. ¿Y los kilómetros?, alegó Sergio. Habíamos hablado de una cuenta final de kilómetros. Camacho movió la cabeza: como todos los brasileños, sabes mucho de fútbol y poco de ciclismo. Esto es como la Vuelta a Francia en bicicleta, ¿me entiendes?, son importantes los kilómetros, pero más importante es recorrerlos primero. En la frase había un poquito de mala leche, y Sergio la captó. Desde hacía algunos minutos Jiménez se mostraba interesado en participar. Bueno, dijo, los mexicanos algo sabemos de ciclismo, pues hasta ganamos una Vuelta a Colombia (Camacho tragó saliva) y considero sensato lo que dice el señor Camacho: es importante llegar primero. Carmelo le interrumpió: no era eso lo que decía tu tío José Alfredo. ¿Mande?, preguntó Jiménez. No, nada, perdona, que te interrumpí, termina, dijo Camacho. Pues decía que yo lo que no entiendo es qué hace el difunto Emperador dando tantas vueltitas, hombre.

Me explico, dijo Sergio Pinheiro, y empezó a explicarse como si se tratara de algo muy serio. A Camacho no acababa de gustarle este joven defensa de Botafogo bronceado y alto que parecía dilapidar confianza en sí mismo. Pero pensó que quizás tenía que ver con algo que le costaba trabajo aceptar, y era la relación que Sergio había logrado establecer con Regina. Cuando murió Dom Pedro I en (aquí consultó un recorte) 1834 fue sepultado en Lisboa. ¿Tan lejos lo llevaron a enterrar?, preguntó Jiménez. Sergio pidió que lo dejara terminar: Dom Pedro murió en Lisboa, por eso resultaba lógico sepultarlo allí. Se había marchado de Brasil en 1831, después de haber proclamado en 1822 la independencia de la colonia. ¡Ha sido el único monarca europeo que reinó desde el Nuevo Mundo!, agregó Sergio, como si el autor de la hazaña hubiera sido él. ¡Otro récord!, comentó Carmelo con expresión bastante seria. Qué interesante, añadió Jiménez. Cuando Dom Pedro retornó a Portugal, prosiguió Sergio, en el Brasil quedó su hijo Pedro II en calidad de aspirante al trono. Tenía cinco años de edad. En Portugal, Dom Pedro era conocido como Pedro IV, y en Brasil como Pedro I. Eso ya lo dijiste, apuntó Carmelo con una sombra de impaciencia y fatiga. Sergio continuó: el regreso a Portugal no fue fácil. Había que reconquistar el poder. Fue una lucha larga y cruel entre Dom Miguel, apoderado del trono, y los ejércitos que había armado Dom Pedro con la ayuda de Inglaterra, Francia y España. Carmelo pensó que la lección de historia que les estaba dando el jovencito se había pasado de maracas e interrumpió: está bien, está bien pero, ¿y este regreso un poco póstumo? ¿Por qué este viaje de ultramar y de ultratumba? Brasil quería tener los restos del padre de su nacionalidad, adujo Sergio, así que hace algunos meses el gobierno de las Fuerzas Armadas llegó a un acuerdo con el de Portugal para repatriarlos con motivo de los 150 años de independencia. De donde surge la idea del tour, explicó Carmelo. En efecto, dijo Sergio. Qué bonito, comentó Jiménez. El tour, expuso Sergio con suficiencia, visitará muchas ciudades, y terminará en una cripta en el Monumento a la Independencia, en São Paulo, donde se encontrará con los restos de su esposa, la emperatriz Leopoldina. Camacho sintió que Sergio los miraba en busca de un gesto de admiración. Al no producirse, continuó: la primera esposa, porque se casó dos veces. Mientras tanto, en una ciudad de Portugal, me parece que es Porto, ha quedado depositado en una urna el corazón de Dom Pedro IV y I de Brasil. Qué bonito, rubricó Jiménez. Camacho resolvió decretar la suficiente ilustración en el caso de Dom Pedro, y comentó a manera de despedida: creo que deberíamos retirarnos de la carrera; es infame competir contra un tipo que no sólo está muerto hace casi siglo y medio, sino que dejó el corazón en la casa.

En el salón principal del hotel los esperaba Finkelstein. Varios de los periodistas y de los acompañantes se acercaron a preguntarle qué le había ocurrido, y el argentino explicó que se había presentado una confusión. Un rato antes de la hora señalada para partir, cuando se vestía en su habitación, un empleado del hotel había llamado por teléfono y le había informado «en perfecto portugués» que la salida estaba retrasada una hora. Cuando bajó, sesenta minutos más tarde, la delegación ya estaba en el Palacio de Congresos. Entonces supuso que era demasiado tarde para intentar llegar allí, y optó por esperarlos en el hotel leyendo la prensa del día.

Lo lamentaron mucho, y Ramsés prometió que hablaría con la administración del hotel para averiguar qué había ocurrido y dejar constancia de su inconformidad por el error.

Mientras los P.I. subían a sus habitaciones, Finkelstein llamó aparte a Carmelo y a Regina y les propuso que tomaran juntos un café en una cafetería cercana. La chica se mostraba fría con el colombiano. No se le había pasado la irritación por la conspiración de los papeles.

—Ustedes son las personas en las que más confianza tengo —les dijo Finkelstein en la cafetería—. Por eso quiero que sepan que mi ausencia en el Palacio de Congresos no fue culpa del error de un empleado imbécil, sino de algo más grave. Aquí está metida la mano política del régimen, que quiere que únicamente formulemos preguntas cómodas, para lanzar su propaganda hacia el exterior.

Regina lo escuchaba con atención.

—¿Por qué lo dices?

Finkelstein miró hacia los lados antes de responder. Por la calvicie prematura se deslizaban dos ríos diminutos de sudor. Las gafas triplicaban el tamaño de sus ojos.

—Mirá: supuse que el Palacio de Congresos ofrecía la única oportunidad para hacerle un par de preguntas al Presidente de la República, al menos una. Yo estaba decidido a hacer esa pregunta. Y eso era peligroso.

Finkelstein le parecía a Carmelo un poco patético, con su aspecto de chanchito, sus aprensiones, su interés por hacer el mejor trabajo posible, mientras los demás querían, sobre todo, pasarlo bien y acostarse con las muchachas del grupo.

—¿Y cómo podían saber que tú ibas a preguntar al Presidente? —indagó Regina.

—Carmelo te lo dirá —contestó el argentino.

—Bueno, sí, León me dijo por teléfono lo que nos está contando. Es decir, que quizás era la oportunidad perfecta para preguntarle algo al Presidente, todo eso.

—Ahí está el asunto —dijo Finkelstein—. Alguien oyó lo que hablábamos e inventó la manera de impedir que yo asistiera a la inauguración.

—¿Quieres decir que vigilan los teléfonos? —preguntó Regina.

—Sí, señora. Bueno, no sé si todos, pero no hay duda de que escuchan lo que hablamos algunos de los periodistas internacionales. Al menos los que resultamos incómodos.

Regina hizo un gesto afirmativo con la cabeza. Podría ser.

—A mí la idea de forzar la pregunta no me parecía tan buena, pero reconozco que Finkelstein era libre de formularla —comentó Carmelo, que enseguida se arrepintió de haber traído a colación su oposición al plan del argentino. Entonces trató de enmendar la ruta—: Como él bien lo cuenta, conversamos sobre este asunto y no me parece exagerado pensar que estuvieran espiando los teléfonos.

—Una forma de censura, ¿viste? —agregó el argentino—. No sería la primera, te advierto. Hoy mismo el *Jornal do Brasil* dice que una obra de teatro, *Gracias, Senhor,* fue censurada; y acaban de aprobar otra, *Oh! Oh! Minas Gerais,* después de tres años de rechazos y modificaciones sustanciales al texto original. Tengo el recorte.

Carmelo leyó en voz alta el trozo de papel periódico que le había alcanzado Finkelstein:

—«Por presentar actos indecorosos incluso entre personas del mismo sexo, y poner en peligro a los espectadores.» Es divertido: las dictaduras creen que la libertad nace de la punta del pipí.

Regina comentó entonces, en tono de confidencia, que la censura sexual era lo de menos. La censura política se extendía por todas partes: la televisión estaba controlada con la ayuda del monopolio de Globo; los periódicos se autocensuraban; el cine y el teatro tenían que pasar por una junta aprobatoria; y ahora hasta los cantantes estaban sometidos a presiones: ¡hasta los cantantes!

—¿Conocen a Chico Buarque de Hollanda? —preguntó Regina.

—¡Cómo no! —aseguró con firmeza Finkelstein.

—Sí —dijo Carmelo, que a duras penas lo ubicaba como un autor de sambas—. ¿El de la banda pasar cantando cosas de amor?

—Exacto —dijo Regina—. Pues a Chico le han censurado varias canciones. Hace un par de años prohibieron la letra de «Apesar de você», una canción que sólo oblicuamente ataca al régimen, y ahora la gente la canta a coro en sus conciertos. Mientras el conjunto toca la música, él guarda silencio en el escenario.

Finkelstein y Carmelo se miraron perplejos.

—Entenderás, Camacho, que anden oyendo conversaciones telefónicas y dando pasos cuidadosos para abortar preguntas complicadas —continuó el argentino—. El hotel debe de estar sembrado de micrófonos. ¿Por qué creen que les pedí que viniéramos a charlar acá?

De regreso, Carmelo propuso a Regina que almorzaran juntos, pero ella le dijo que tenía otro compromiso.

—Podemos vernos después de almuerzo —ensayó como último recurso el colombiano.

—Tengo que hacer algunas cosas —dijo Regina (Carmelo oyó una voz interior que le decía: Sergio Pinheiro). Y después de unos segundos agregó—: Pero esta noche, si quieren, nos despedimos de São Paulo con unas caipirinhas.

—¡Macanudo! —exclamó Finkelstein, colándose en la conversación—. Para almorzar tengo un sitio buenísimo que me aconsejaron en el hotel.

—¡Listos! —dijo Nicanor, y se dispuso a acompañar a los otros al restaurante La Casserole, en el Largo do Arouche. Por cuenta de la organización, naturalmente.

Apesar de você

Terminado el almuerzo, Carmelo quiso dar una caminada. «Solo», les advirtió a sus dos compañeros. «No te falta razón —comentó el argentino antes de dejarlo—. Llevás mucha langosta en la panza; tenés que bajarla».

Camacho paseó un rato por los alrededores y compró un periódico para enterarse de los partidos de la Taça Independência. Descubrió que Colombia jugaba esa noche sabatina contra la Selección de Centroamérica. Por lo poco que había conocido, São Paulo le parecía una ciudad gigantesca que no lograba disimular su alma de pueblo. Algunas zonas del centro, especialmente un parque por el que pasaron de camino un par de veces, le recordaban a San Victorino, una plaza deprimida y lumpen de Bogotá. São Paulo no correspondía a la imagen de gran urbe que se había hecho de ella. Los edificios, muy altos, los almacenes, muy lujosos, y la proliferación de oficinistas, muy uniformados de azul oscuro y corbata, no lograban borrar la atmósfera menesterosa de la ciudad. Además, había demasiadas sucursales bancarias como para que el peatón deambulara sin la sensación de que podían atracarlo en cualquier momento: adentro, más que afuera.

Después de media hora de caminata, Carmelo decidió que había dedicado al horroroso *downtown* de São Paulo más tiempo del que merecía, y que el vino y la langosta tocaban a rebato en demanda de siesta, así que dirigió sus pasos hacia el hotel. Estaba decidido a pasar la tarde libre en calzoncillos en su habitación, dormitando y mirando el partido por la tele, y aprovechar la última noche en São Paulo para acudir con otros miembros del grupo a la discoteca. Tendría tiempo todavía de darle un buen tratamiento de champú a su pelo salpimentado.

Al llegar al hotel había un paquete esperándolo. Estaba envuelto en papel manila y lo habían blindado con cinta pegante. No figuraba remitente alguno, pero su nombre y su número de habitación aparecían escritos con toda claridad. Lo palpó. Contenía un objeto duro, sólido, cuadrado; algo así como un ladrillo, pero más liviano. Carmelo se sorprendió primero y después se preocupó un poco. Preguntó al empleado de Recepción por su procedencia, pero el tipo, sin ponerle mucha atención, le dijo que lo ignoraba: había sido recibido en el turno anterior. Carmelo estuvo a punto de pedirle que avisara a la Policía. Pero se contuvo. Por un instante se atisbó a sí mismo como una versión de León Finkelstein, que siempre topaba fantasmas donde no había nada, que aguardaba paquetes-bombas y que observaba por el rabillo del ojo como si lo estuvieran persiguiendo. De modo que cogió el paquete y la llave y subió a la habitación un poquito aprensivo.

Una vez en su territorio, abrió el paquete con dedos timoratos y se alegró de no haber promovido una alarma absurda: era la grabadora de Regina, con un casete dispuesto. También encontró tres pliegos de papel. El primero era una pequeña nota que decía: *«Espero que lo disfrutes»*. Los otros dos parecían contener un poema.

Por un momento sonrió pensando en el ridículo del que acababa de librarse: llega en medio de un estruendo de sirenas un especialista de la policía en desactivar bombas, abre el paquete con habilidad de experto mientras todos tiemblan escondidos detrás del mostrador, y descubre una grabadora, un poema y un casete donde Regina le dice... ¿Qué le diría Regina? ¿Y por qué había escogido este medio para decírselo? Un poco atolondrado por la emoción presentida, Carmelo se recostó en la cama; con mano insegura hundió el botón de *play* y se dispuso a conocer el mensaje que le había dejado la chica después de aquel desencuentro —otra vez la palabreja— que tuvieron en la inauguración del Palacio de Congresos.

Pero no oyó la voz de Regina. Lo que sonó fue un coro que se acercaba entonando un samba: repetía la misma frase en portugués acompañado por una guitarra y unos elementos de percusión. Después empezó a escuchar una voz masculina solista y, al fondo, el lamento porcino de la cuica. Creyó entender de qué se trataba el asunto. Buscó los pliegos —llevaban el timbre del hotel— y leyó el poema. Reconoció entonces el texto de la canción que sonaba en la grabadora.

Escrito en letra cuidadosa y femenina, el pliego decía:

Apesar de você
A pesar de ti (¿usted?)
Letra y música: Chico Buarque de Hollanda
Hoy eres tu quien manda,
ya se habló, quedó hablado,
no tiene discusion, no,
mi gente anda ahora
hablando de lado
y hojeando para el piso, ¿ves?
tu que inventastes este estado
e inventastes de inventar
toda la oscuridad
Tu que inventastes el Pecado
olividastes de inventar
el perdón

A pesar de ti
mañana va a ser
otro día
pregunto a ti
donde te vas a esconder
de la enorme euforia
Cómo vas a proibir
cuando el gallo insista
en cantar
Agua nueva brotando
y la gente amando
sin parar.
Cuando llegue el momento
este sufrimiento
voy a cobrarlo con recargos (¿?), juro
todo este amor reprimido
ese grito contenido
este samba en lo oscuro
tu que inventastes la tristeza
ahora ten la finesa (¿?)
de desinventar
Tu vas a pagar y es doblado
cada lagrima rodada
en ese mi penar.
A pesar de ti
mañana va a ser otro dia.

Estaba traducida a un español bastante tosco, con algunas dudas marcadas (¿?), ortografía aleve y sintaxis chueca, pero Carmelo se sorprendió por el dominio que mostraba Regina en una lengua que no era la suya, y agradeció con emoción el esfuerzo.

La letra de la canción continuaba en la siguiente página, pero el colombiano consideró que acabar de traducirla al español le exigía demasiada concentración. Además, no estaba prestando atención a la canción original que molía la grabadora, y, al fin y al cabo, pensaba que su portugués había mejorado muchísimo en los tres últimos días y bien podía tratar de entender sin necesidad de intermediarios lo que cantaba Chico Buarque de Hollanda.

A Carmelo le pareció escuchar en medio de la grabación algunas voces y una tos refrenada. Supuso que había sido hecha en un almacén de discos, incluso clandestinamente, sin que lo supiera el vendedor. Regina había trabajado con esmero a fin de introducirlo al mundo de Chico Buarque. Tuvo entonces la sensación de que, para dedicarse a semejante labor, la muchacha debía de sentir mucho cariño por él, y se le erizaron los pelos de la nuca. Pero luego entendió que seguramente a quien Regina le tenía cariño no era a él sino a Chico Buarque. Miró el reloj. Eran casi las siete. Tenía tiempo para oír un par de veces más el samba, dormir un rato, darse un buen baño anegado en champú y ver luego un trozo del partido entre Colombia y Centroamérica en el Grupo I de la Taça. Después se reuniría con los demás para ir a Batucada. Era la última noche en São Paulo. Había que festejarlo.

Solamente faltaban unos pocos P.I. en la discoteca. La ambientación era tropical-turística-*kitsch;* abundaban las canastas exuberantes de frutas de plástico y los colores primarios intensos, pero había buena música bailable y la administración había reservado una esquina grande para los invitados de la Expo.

El primero en guiñarle un ojo a Carmelo y mostrarle una piña en cuyo interior florecía una bombilla color naranja fue el despelucado japonés. La fruta de la luz, le comentó. Ramsés se mostraba especialmente amable con Carmelo y Finkelstein. Desdeñando su categoría de subsecretario del Ministerio del Interior se ocupó de traer en persona la segunda ronda de caipirinha y se sentó a hablar con ellos en forma cómplice y varonil acerca del culo de las muchachas que bailaban en la pista. Nicanor, siempre fiel a sus compañeros de lengua, los acompañaba en silencio y se encargaba de administrar sus propias raciones de caipirinha. Llevaba, otra vez, el traje aguamarina de la primera noche.

Un rato antes, cuando se reunieron en el vestíbulo del hotel, Carmelo había saludado a Regina con un expresivo beso de mejilla empapado en agua de colonia Roger Gallet y le había expresado su agradecimiento por la cinta de Chico Buarque. El colombiano había cumplido con cuidado su trabajo de análisis musical y textual, lo cual le permitió comentar a Regina la sensación de advenimiento, de amanecer, de presagio redentor que se percibe en la canción. Regina se mostró encantada de que Carmelo lo hubiera captado, y agregó que, al mismo tiempo, bien podría tratarse de una historia fallida de amor. Consideraba maravillosa esa ambigüedad. Por lo que me contaste —comentó Carmelo—, los militares no creen que se trate de una historia de amor. Exacto, había dicho ella. Por eso, después de haberla aprobado, la censuraron. La explicación que dio Chico a los censores es incluso más divertida que una historia de amor. Es una historia avícola. Chico les dijo que la canción narraba el cuento de un gallo que estaba convencido de que sólo amanecía cuando él cantaba; un día se le olvidó cantar y, apesar de você, amaneció. Carmelo soltó una carcajada: ¿Y le creyeron? ¡Qué va!, dijo Regina: Y mucho menos cuando alegó que había sido escrita en homenaje al general Médici. Carmelo volvió a reír y felicitó a la chica por su español: la traducción era bastante buena. Regina se mordió el labio inferior con picardía y le confesó que había incurrido en una pequeña trampa. Ah, ¿sí? ¿Cuál fue? Pero antes de que ella respondiera, Sergio Pinheiro había llegado y, en un abuso de alegría, los abrazaba estrechamente a los dos: Colombia estaba demoliendo —usó ese verbo— a la selección de países centroamericanos y se sentía obligado a compartir la euforia de su amigo Carmelo. ¡Tenemos que celebrar esta noche!, le había dicho al colombiano, y le había aplicado un nuevo abrazo tan exultante como desagradable.

Ahora estaban en la discoteca y Sergio no paraba de celebrar. Celebraba todo: el triunfo de Colombia, la carrera contra los restos de Dom Pedro I, la última noche en São Paulo... Además, había institucionalizado el monopolio de Regina, a la que no desamparaba un solo instante. La muchacha miraba a veces hacia donde estaban Carmelo y amigos, y ponía cara de divertido desconsuelo.

Minerva María se deshacía por atender a los invitados; estaba un poco gordita y algo vulgar pero espléndida en un vestido verde. Les conversaba en voz baja y los hacía reír. Con la tercera caipirinha, Ramsés se especializó en Finkelstein. Discretamente lo tomó del brazo, lo condujo a otro punto de la sala, alejado de la música, y allí se entregaron a hablar en forma cordial sobre política. Nicanor Jiménez, que no se desprendía de Carmelo, le preguntó si le había gustado la traducción de «A pesar de ti», que, en su opinión, más adecuadamente debería haberse traducido como «A pesar de usted», aunque Regina le explicó que la forma de tuteo en portugués es «você». Carmelo quedó sorprendido: ¿de modo que la asesoría de Jiménez era esa «pequeña trampa» que Regina había introducido en la traducción? Mientras Carmelo pensaba que ni la sintaxis ni la ortografía de la versión hacían propiamente honor al periodismo mexicano, Nicanor le explicó, muy honrado, que la chica lo había llamado a su habitación y le había pedido que le ayudara a traducir la canción al español. Me pareció muy bonita, pero tuvimos algunas dudas, que preferí dejarlas señaladas con un signo de interrogación, aclaró Nicanor: ¿Le gustó, señor Camacho? Carmelo mintió y dijo que sí. Perdone si hay faltas de ortografía, añadió el mexicano.

Aprovechando un alto en la música, Sergio, que ya difícilmente podía tenerse en pie y se abrazaba a Regina para no caer, propuso un brindis de todos por la Hermandad Internacional. Carmelo creyó ver una mirada desaprobatoria de Ramsés, pero, de todos modos, éste y los demás alzaron sus vasos. El japonés se subió entonces encima de uno de los butaquitos e hizo ademán de orador. Cuando todos concentraron los ojos y los silencios en él, se despachó un vehemente discurso en japonés que tomó casi dos minutos, y de cuyo sentido tuvieron vaga noticia posterior por Ayumi. Era el brindis tradicional de la casta de los Shogun, o algo así. De todos modos, al acabar, todos prorrumpieron en aplausos y carcajadas y el alemán simpático alzó su caipirinha y gritó: *¡Kanpei!* Terminado el alboroto, Sergio Pinheiro se desplomó sobre un cojín y quedó irremediablemente dormido.

Regina se acercó entonces al sitio de Nicanor y Carmelo, y durante un rato siguieron conversando sobre Chico Buarque. Era una situación incómoda. Dos de ellos sabían que sobraba un tercero, pero el tercero no se daba por enterado. Cuando Minerva María sacó a bailar al mexicano, Carmelo le lanzó una mirada de agradecimiento, que ella le respondió picando un ojo. Sólo entonces Carmelo se percató de que Ramsés se hallaba pendiente de la escena: quizás había enviado a Minerva María para que lo rescatara.

Regina comentó acerca de un nuevo disco llamado *Construção,* y dijo que era la obra maestra de Chico Buarque. Ella y Carmelo se encontraban alejados del grupo, en un sector semioscuro de la discoteca. Varios de los P.I. se habían marchado ya para el hotel; otros conversaban absorbidos en sus propios temas, como Finkelstein y Ramsés, o bailaban con las guías y las traductoras.

—¿Puedo hablarte como a un padre? —preguntó Regina a Carmelo con repentina seriedad.

—Dejémoslo en hermano mayor —corrigió Camacho, y enseguida se arrepintió de haber intentado, una vez más, ser gracioso.

Pero Regina lo había tomado bien. Sonreía y se llevó la mano a la frente. Perdón, dijo. Carmelo notó que la veía más hermosa que cuando habló con ella en el vestíbulo del hotel. Había adquirido un intenso parecido con Natalie Wood, lo que impulsó a imaginar velozmente una ecuación: Regina + 2 caipirinhas = Natalie Wood. En el fondo de los ojos verdes le brillaba un pequeño fuego marrón.

—Perdón —enmendó Regina—. ¿Puedo hablarte como a un *hermano mayor?*

—Dale —dijo Carmelo.

Pasaron unos segundos. Regina parecía estar buscando las palabras adecuadas, o bien procuraba aclarar sus sentimientos.

—Di lo que quieras —la animó Carmelo—, te escucho.

—No sé qué me pasa —explicó ella rotundamente—. Estoy confundida, me siento mal, tengo un revuelto de cosas aquí.

Con la mirada, Carmelo la invitó a seguir.

—Déjame me organizo un poco —suspiró Regina—. Hasta hace una semana, yo era una persona sin problemas. Tenía un buen cargo en Brasilia, una familia en Rio a la que procuro visitar cada vez que puedo, y —aquí vaciló un poco— y desde hace como dos años un novio al que quiero.

Carmelo logró disimular con aire de indiferencia esta novedad inesperada.

—¿En Brasilia? —preguntó.

—En Brasilia. Es un chico norteamericano que trabaja con la embajada de su país. Lleva ya tres años como funcionario de información y temo que, dentro de algunos meses, cuando se venza su término y lo trasladen, tendré que tomar una decisión.

—Es decir, si te casas y te vas con él, o si te quedas regando tus plantas solita.

—Más o menos —explicó ella.

—No veo en eso nada preocupante —empezó a decirle Carmelo—. Si estás enamorada del gringo, síguelo hasta el fin del mundo. Si no, quédate en tu casita.

Regina tomó aire y miró a Carmelo con los labios apretados. El colombiano se había dado cuenta de que la muchacha apretaba la boca cuando iba a decir algo que le costaba trabajo expulsar.

—El problema no es ése —dijo por fin en voz más baja—. El problema es que ahora creo que estoy enamorada de otro. ¡No me digas que no lo sabes, Carmelo!

Camacho sintió que podría hacer uso de su derecho a mentir.

—Mira: ahora que me lo dices con cierta claridad, creo entenderlo —respondió.

—Pues sí. Creo que estoy enamorada de otro. De otro que conozco hace apenas unos días y con el que pienso que en tan poco tiempo he tenido una relación mucho más intensa que con mi novio en dos años. El gringo, como tú dices.

—En menos de ocho días —intervino Carmelo con un poco de maldad. Cuando se tomaba unos tragos de más no era difícil que le brotara una vena agresiva.

—En nueve, para ser más precisos —corrigió ella—. Los organizadores de la gira llegamos a São Paulo hace más de una semana.

—Espera, espera... —intentó rectificar Carmelo—. Lo que quiero decir es que bastan tres, dos días para que estas cosas ocurran.

—Pues es eso —concluyó Regina—. No sé qué me pasa, no sé qué va a seguir pasando, no sé realmente qué es lo que siento.

En ese momento se acercó Jiménez y comentó a Camacho que había pedido un disco especialmente para él. Un segundo después sonaba «Se va el caimán». Carmelo le agradeció y lo empujó a que saliera a bailar con alguna de las chicas en representación de los dos.

Regina continuó:

—No me vayas a preguntar si es que no quiero al otro, al de Brasilia, o si con Sergio he sido víctima de una pasión a primera vista.

—No, no te lo voy a decir, porque me parece que es evidente.

Regina se echó hacia atrás el pelo negro con un movimiento nervioso.

—Pásame eso —le pidió a Carmelo.

Eran los restos de la última caipirinha que había dejado Nicanor Jiménez a medio beber.

—Era del mexicano —advirtió Carmelo—. Más bien te traigo otra.

—No, no, me da igual de quién era: quédate aquí.

Regina apuró lo que sobraba en el vaso.

—¿Sabes qué es lo peor? —preguntó después a Carmelo—. Que ni siquiera Sergio me gusta especialmente.

—Bueno, bueno, esto empieza a sonar a masoquismo —comentó Carmelo sin poder evitarlo.

—Estoy hablando con mi hermano mayor, ¿verdad?

—Con tu abuelo, si quieres.

—No tanto —sonrió Regina—. Sí, la verdad es que Sergio no me gusta especialmente. No te digo que no me gusta, entiéndeme. Es amable, simpático, buen funcionario, atractivo...

—Muy atractivo —le ayudó Carmelo—. Hasta yo, que soy hombre, me doy cuenta. Tiene aspecto de defensa centro del Botafogo.

—La paso bien con él. Pero, cómo te dijera, me parece un poco superficial, un poco Brasil-lo-más-grande-del-mundo, un poco Vamos-a-reventarlos-a-todos, ese tipo de cosas.

—«Impávido coloso.»

—¡Eso! —rió Regina—. Es curioso: estoy viviendo algo que me encanta, aunque él no me encanta particularmente. Ya no sé si es amor, o sexo, o que no quiero al gringo, o que estoy tratando de zafarme de alguna cosa, o de todo...

El semblante de Regina había cambiado. Estaba un poco angustiada. Puso su mano encima de la de Carmelo:

—No sé qué me pasa, estoy vuelta un lío... A la deriva, querido. En nueve días.

Carmelo pensó que la chica iba a llorar y que él estaba dispuesto a hacer cualquier cosa por evitarlo. La tomó de la mano y le dijo:

—No te preocupes. No pasa nada. Eres víctima del Efecto Burbuja.

Regina lo miró con atención.

—El Efecto Burbuja —agregó Carmelo, satisfecho del eco inmediato de su intervención— es una cosa muy extraña. Se presenta en circunstancias especiales y temporales, como un viaje, unas vacaciones, un cursillo de verano, qué sé yo. En fin: en toda ocasión en que se reúnen durante un tiempo, definido de antemano, un número de personas que mantendrán durante ese período una intercomunicación muy intensa. El nombre del fenómeno es mío —carraspeó.

—Sigue, sigue —pidió ella.

—Por circunstancias excepcionales de, digamos, aceleración psicológica, mientras permanezcan en esa burbuja ocurren cosas que no ocurrirían en otra situación, y ocurren a mayor velocidad, a mucha mayor velocidad de lo que sucederían en la vida cotidiana.

—Es verdad —dijo Regina, como si hubiera visto la luz.

—Haces amistades muy sólidas, es decir, muy sólidas mientras dura el Efecto Burbuja; te enamoras, vives intensamente situaciones extrañas: no sé, te gustan cosas raras, repites una canción, te da por vestirte de manera diferente de como te vistes a diario.

—Haces cosas que te daría vergüenza hacer en otra situación —agregó Regina.

—Supongo —dijo Carmelo prudentemente, cobardemente—. Y algo más: dejas de ser tú, por un tiempo, y pasas a encarnar tu personaje. Mejor dicho: te vuelves un personaje que tú inventas para la ocasión. A lo mejor es un personaje en el que sobresalen algunas condiciones que no tienes en la vida normal. Por ejemplo: estoy seguro de que nuestro querido japonés jamás ha pronunciado ni pronunciará un discurso de brindis en Tokio. Y que el gringo del *Washington Post* debe de ser un marido amantísimo que no envía papelitos con propuestas atrevidas a sus compañeras de trabajo.

—¡Era verdad! ¡Sabías que había sido él!

—Nunca menosprecies a un periodista colombiano.

—Qué periodista ni qué periodista —replicó Regina con estupor tan exagerado que equivalía a una absolución—. Todavía no te he perdonado que hayas metido tus narices en mi carpeta.

—¿Ves? En circunstancias normales, yo nunca husmearía en los papeles ajenos. Cosas del Efecto Burbuja. Pero, bueno, en un momento dado esa burbuja hace plop, amiga, y se acabó: desaparece ese mundo donde la realidad ha estado en suspenso, y todo vuelve a ser como era, y de aquella experiencia sólo quedan buenos recuerdos: rara vez las, digamos, coordenadas de la burbuja traspasan el plop.

Por unos minutos la muchacha pareció aliviada y contenta. La tesis del Efecto Burbuja mostraba que su caso no era único, y que tenía remedio. Seguramente el plop la curaría. Carmelo se levantó y regresó con más caipirinha.

—¿Cómo se te ocurrió esta tesis tan sensata? —le preguntó Regina.

A Camacho le pareció sentir que estaban más próximos que antes. Pensó que a lo mejor la distancia no había cambiado, pero ahora se percataba de que sus piernas se rozaban y casi percibía el aliento de Regina. En ese momento se le antojaba parecida a Liz Taylor, pero con piel morena. Regina + 3 caipirinhas = Liz Taylor. Sintió adentro un frío intenso que casi lo impulsó a acercarse aún más a la chica. Pero fue un impulso que se desvaneció de pronto cuando ella habló de nuevo:

—A ver, hermanito mayor, ¿cómo se te ocurrió esa tesis?

«Hermanito mayor.» Un mazazo que lo volvió a la realidad. Carmelo se rehízo y se culpó internamente de haberse dejado llevar durante unos momentos por esa pequeña burbuja que era, dentro de la Gran Burbuja, el rincón de la discoteca.

—No sé —dijo, algo distante—. Los años, quizás, mi condición de hermano mayor. Muchos viajes. Muchas burbujas. La experiencia: estas canas que combaten aquí arriba con lo que fueron pelos negros.

Luego guardó silencio. Regina había captado el cambio de actitud. Lo miró fijamente hasta que él la observó durante un segundo; entonces Carmelo volvió a desviar la mirada y recorrió con los ojos la decoración de la discoteca, como si le interesaran las paredes de los alrededores. Pasaron unos segundos.

—Te molestó —le dijo Regina.

—¿Me molestó qué?

—Que te llamara hermano mayor.

—¡Ja! —fingió reír Carmelo— ¡Cómo se te ocurre! Yo mismo te sugerí que me llamaras así.

—Sí, para que no te llamara papá.

—No me conoces nada, niña. No tienes ni idea de las cosas que verdaderamente me molestan.

—Pero cambiaste.

—¿Sí? Fíjate que no me di cuenta. A lo mejor es el cansancio. Ha sido un día largo.

—Es posible —dijo Regina—. Quizás es hora de irnos. Ya no quedan muchos en pie.

—Es verdad. Y además tengo que ayudarte a llevar a Sergio.

Los dos se incorporaron y de pronto Regina dijo, como si no hablara con él:

—Lástima.

—¿Lástima qué?

—Lástima que no quieras hablar más, porque todavía no había terminado mis preguntas.

Carmelo la tomó suavemente del brazo y la conminó a sentarse. Tenía que demostrar que a un tipo de cincuenta años le importa poco que una muchacha de veintitantos lo llame «hermano mayor».

—Dime —le dijo—. Ya sabes que lo que quiero es ayudarte.

—Falta lo más importante —dijo Regina—. Me has explicado por qué me ocurre lo que me ocurre. Pero no me has dicho qué debo hacer.

—Cierto —aceptó Carmelo—. Te lo diré en Salvador de Bahía. Me dicen que es una ciudad mágica. Creo que será la atmósfera perfecta para seguir hablando sobre el tema.

—El problema —empezó Regina, pero le costaba trabajo terminar.

—Sí, el problema... —acudió Carmelo en su socorro.

—El problema es que no voy a Bahía.

Carmelo no pudo disimular la sorpresa y el desagrado que le producía la respuesta.

—¿No te lo había dicho? —preguntó Regina.

—Pues no —dijo Carmelo.

—Pensé que sí. Bueno, el caso es que periódicamente debo viajar a Brasilia con materiales del viaje para ordenarlos en la oficina central de prensa y enviarlos a las embajadas, ¿sabes?

—Debí sospechar tanta eficiencia —observó Carmelo—. A propósito, tendré que devolverte la grabadora.

—No, no, la grabadora es lo de menos. No la voy a necesitar en la oficina. Volveremos a vernos en Brasilia el próximo martes.

—Hombre, dale recuerdos al gringo.

—No seas sarcástico, por favor. Te estoy pidiendo ayuda, no burlas.

—Perdóname —Carmelo entendió que nuevamente se había comportado como un colegial, y le tomó la mano—. Tienes toda la razón.

—No te preocupes. Pero aconséjame en lo otro —Regina retiró la mano—. ¿Qué debo hacer?

—Hija, si tú no sabes qué hacer, ¿cómo puedo decírtelo yo?

—Tú sabes qué se hace en estos casos, porque tú debes de haber pasado por situaciones como ésta.

Carmelo bajó la cara y permaneció callado unos segundos. Después le dijo resueltamente:

—Carpe diem.

—¿Carpe diem...?

—Eso: coge la flor del día. Aprovecha lo que se te da, vive el presente sin pensar en lo que vendrá mañana. Acógete a tu burbuja, mientras esta dure. Después, cuando llegue el plop, ya se verá qué pasa.

—Carpe diem —repitió Regina.

—Exacto: disfruta del presente. Y ahora, ayúdame a recoger al carpe Sergium, porque está tardísimo y hay que llevarlo al hotel y todos los demás se fueron y mañana salgo para Bahía.

El Emperador del Caribe

Era tal su resaca que ciertas cosas, no llegó a saber en qué momento ocurrieron, aunque pertenecían a la aburrida realidad de los viajes: hacer la maleta, colocarla en la puerta, vestirse, bajar al lobby, desplazarse al aeropuerto en uno de los buses, embarcar en el avión, viajar durante dos horas y media, aterrizar en Salvador de Bahía, descender del avión bajo una claridad sin compasión... En cambio, sentía como realidad tangible lo que no podía ser más que un sueño: un grupo de negras vestidas con amplias polleras blancas y pañoletas del mismo color anudadas en la cabeza bailaba alrededor de los visitantes, mientras un conjunto tocaba música alegre. Carmelo pensó que era un sueño demasiado real y juró no volver a beber cachaça en su puta vida. Ahora una de esas criaturas se acercaba a él, lo tomaba de la mano, lo obligaba a dar unos pasos de baile bajo la luz artificial del salón de equipajes, lo premiaba con un collar de cuentas de colores y le estampaba un beso en la boca mientras sus compañeros prorrumpían en risas y aplausos. Pero también salían a bailar ellos; hasta el alemán hermético sembraba en las losas su esqueleto de piedra incapaz de articular un solo movimiento en armonía con la música, y Sergio Pinheiro regalaba a todos una sonrisa blanquísima y algunas destrezas coreográficas desde su metro ochenta y ocho, y Ayumi, la japonesa, encogía los bracitos nerviosamente temiendo lo peor, hasta que, en efecto, también sacaban a bailar los huesos de Ayumi, y bailaba Nicanor Jiménez con un sentido del ritmo apretadito y mexicano que mereció palmas de las negras deliciosas, y bailaba con los hombros alzados como pidiendo disculpas la inglesa alta, y bailaba torpemente el fiero gaucho León Finkelstein, y bailaba con soltura el antiguo corresponsal en Brasil, y el periodista francés, aprendiz de donjuán, estiraba los labios y cerraba los ojos para recibir el gran ósculo ritual, pero, oh sorpresa la del donjuán inmarcesible, quien le propinaba el beso ciego en la boca era el japonés, que con semejante gesto acababa de ratificar su condición de favorito del grupo y de las negras, las cuales ahora no podían bailar de tanto reírse por su ocurrencia.

No. No era un sueño. Cuando Carmelo paladeó una caipirinha suavecita que ofrecían las negras, comprendió que todo eso era realidad y que les estaban dando una folclórica bienvenida a Salvador de Bahía. «¡Por Xangô!», gritó de pronto una negra grandota que parecía ser la jefa del grupo de baile. Y alzó su vaso. «¡Por Xangô!», corearon tímidamente todos y sorbieron la caipirinha a fondo blanco, la mayoría de ellos sin saber por quién diablos brindaban.

El hotel era de los años cuarenta, quizás de los treinta, un tanto decaído en su aspecto externo, pero cómodo y acogedor por dentro. Habría querido dormir un par de días seguidos, pero Minerva María, por el teléfono, se encargó de recordarle que, a pesar de ser domingo, el Secretario de Turismo los estaba esperando con un delicioso vatapá en un restaurante típico.

—¿Un qué? —preguntó Carmelo.

—Un restaurante típico —explicó.

—No me tomes el pelo. Te estoy preguntando por eso tan delicioso que nos espera.

—Vatapá. Ven y lo ves. No te arrepentirás. Traje informal, como te gusta.

—Dame una pista.

—Nada bajo el agua.

—Me lo temía.

—En Salvador de Bahía siempre hay un plato de pescado o un dulce en tu porvenir.

—¿Es obligatoria la asistencia? —preguntó Carmelo sin muchas esperanzas.

—Ya sabes lo que dice Ramsés —contestó Minerva María—: Aquí nada es obligatorio... pero es mejor que vengas.

Mientras se refrescaba en el baño, Camacho encendió la grabadora y oyó de nuevo «Apesar de você».

Sergio Pinheiro salvó el almuerzo. Había estado examinando la prensa local y llegó con un recorte en el que se anunciaba que el trayecto del cortejo de Dom Pedro I había sufrido un cambio inesperado. Un movimiento historicista adverso a Dom Pedro se oponía a que los restos del monarca recibieran homenaje en Pernambuco; tras amenazar con un plantón silencioso de protesta ante el cuerpo presente, el movimiento había logrado que se eliminara a Recife como escala en la peregrinación. Con ello, Dom Pedro iba a llegar a Salvador un día antes de lo programado y los Ilustres Periodistas Internacionales iban a coincidir con él.

Al grupo que seguía la carrera con Dom Pedro la perspectiva de topárselo en la ruta le hizo la boca agua. Finkelstein quiso saber exactamente por qué protestaba Pernambuco. Tras una nueva revisión de los recortes de prensa, Sergio explicó que en 1824 un grupo de republicanos notables encabezados por el periodista Frei Caneca, de la publicación *Tifís Pernambucano* (Finkelstein había empuñado papel y bolígrafo y anotaba furiosamente los datos), se rebeló contra el privilegio que tenía el monarca de nombrar presidentes provinciales y, de manera más específica, contra un presidente que el Emperador había designado para el Estado. Procedieron entonces a declarar un país independiente al que llamaron «Confederación del Ecuador» y nombraron su propio presidente. El lío se zanjó cuando Dom Pedro mandó tropas imperiales a conjurar la revuelta y los militares se tomaron Recife y mataron a dieciséis próceres republicanos.

—¿¡Dieciséis!? —exclamó aterrado Finkelstein.

—Sí, señor: fusilados.

—¿Estaba entre ellos —Finkelstein consultó sus notas— el amigo Frei Caneco?

—Caneca. Estaba. Lo siento —confirmó Sergio con pesar.

En estas condiciones, los historiadores de Recife, depositarios de la tradición republicana, se habían negado a aceptar la llegada del venerable fiambre a esa patria que con tanta sevicia había oprimido.

El pequeño comité de P.I., que consumía con liberalidad el denso puré de vatapá y la ligera bebida de cachaça, consideró solemnemente que debía un homenaje de solidaridad al compañero Caneca y, por tanto, era necesario estudiar qué desarrollo podrían tener en lo sucesivo las relaciones con un emperador que había fusilado periodistas. Finkelstein pidió descartar la pena de muerte, ya que todo indicaba que el opresor había fallecido años ha. El antiguo corresponsal del *Washington Post,* que compartía vecindad en la mesa, opinó que debían retirarse de inmediato de la carrera. A Finkelstein no le gustaba la idea de tirar la toalla, sobre todo cuando iban en la punta de la justa. A Carmelo se le ocurrió entonces una fórmula que reunía el triunfo y la protesta: mañana mismo debe terminar la carrera, por solidaridad con el compañero Caneca, y de este modo el equipo de los Periodistas

Internacionales será campeón y Dom Pedro, inevitablemente, habrá ocupado el segundo lugar. A todos les pareció una solución sabia y hubo esbozos de aplausos, pero Finkelstein sugirió, además, una visita protocolaria a los restos de Dom Pedro «para mostrar que sabemos ganar con nobleza». Sergio, mirando de reojo a Ramsés, que se hallaba en el extremo opuesto de la mesa, les rogó que todo esto se hiciera con la mayor discreción. Carmelo lo apoyó: sería una insensatez que el despido de Sergio Pinheiro de su cargo como Primer Delegado de Relaciones Públicas y Enlace del Ministerio de Planeación se agregara al fusilamiento del compañero Caneca en la larga lista de atentados contra la libertad de prensa en Occidente. Segundo delegado, corrigió Sergio con humildad. El gringo, Finkelstein y el propio Sergio quedaron encargados de examinar las condiciones y características de una visita protocolaria a los restos del Emperador.

A las cinco, después de una siesta que intentó domesticar la ballena ingerida, Carmelo acudió a la convocatoria para una pequeña caminata por el Pelourinho. Imperaba un aroma penetrante a aceite de dendê, que salía de los puestos de acarajés apostados en las esquinas. Un niño descalzo de ocho o diez años se acercó al grupo y ofreció sus servicios como guía. Vestía una desastrada camiseta número 10 de la Selección Brasil. Ayumi le acarició el pelo y el negrito la tomó de la mano. Entraron a la iglesia de Bonfim y, a la salida, los asediaron varios vendedores de cintas de la buena suerte para atar en la muñeca.

A pesar de que el sol había bajado y empezaba a esconderse, el calor seguía reverberando en las calles de Salvador. Un gato negro se escabulló por una ventana. La noche posiblemente iba a ser también muy caliente. Era la primera vez que Carmelo visitaba esta ciudad y sin embargo tenía la sensación de conocerla. Sentía que había recorrido antes esos callejones y había visto a las negras cuyos trajes se derramaban en cascadas de encajes a manera de merengues enormes; sentía que había comprado mangos de los que exhibían en platones con piñas y trozos de papaya. Estaba seguro de que había percibido la sal en las paredes descascaradas y había sentido el olor a pescado que formaba parte del aire tibio. Le eran familiares las sombras largas que proyectaban las torres de las iglesias sobre los tejados vecinos y los gritos de los vendedores ambulantes. Ya antes su nariz se había impregnado del aroma de fritura que rastreaba las aceras. Miró las paredes de colores vivos y desiguales manchados por una lama oscura: azules sucios, amarillos emparchados de naranja, rojos desleídos por la sal, muros de tono indefinido que habían adquirido un característico color verde-tiempo. Carmelo trataba de explicarle a Minerva María que todo eso era nuevo y sin embargo todo era conocido para él. «Todo esto lo vi antes, estoy seguro; y créeme que sólo tomé una caipirinha al almuerzo y no creo en la reencarnación», aclaró Carmelo, por si acaso.

Del casco histórico pasaron a la ciudad baja, en obligada búsqueda del Mercado Modelo. Allí flotaba un ala de brisa. Anduvieron con dificultad entre los puestos apretados y abigarrados de artesanías, y el colombiano señaló a la inglesa alta una bata blanca picoteada de bordados ante la cual, como era previsible, la mujer se deshizo en emocionados elogios. De repente, en medio de esas mercancías que abrumaban el paso y el olor a dendê que parecía seguirlos como un perro y la conversación musical de las vendedoras negras, Camacho entendió lo que estaba pasando y se le ofreció, como si de una revelación se tratara, la explicación del *déjà-vu:* era el Caribe. Aunque Salvador de Bahía se encontraba a miles de kilómetros de Cartagena de Indias, de Kingston o de San Juan de Puerto Rico; aunque se hallaba más cerca del trópico de Capricornio que del Ecuador, era una capital del Caribe. El mismo mar, la misma gente, los mismos olores, la misma humedad aplastante, el mismo calor. La misma luz. El mismo salitre en los muros, como una lepra. Incluso, el mismo aviso oxidado de coca-cola y los mismos vendedores de cigarrillos al menudeo.

«Todo es Macondo», dijo en voz alta, e intentó explicar a Minerva María la existencia de una geografía sensorial que desborda los mapas convencionales. La asistente de Ramsés, sin embargo, parecía más interesada en regatear un camisón bordado.

En su ausencia, Carmelo había recibido un telefonazo de Brasilia. Llamó Regina Campos Barbosa, pero no dejó un número de teléfono para corresponderle.

Carmelo alcanzó a guardar rápidamente el papel en el bolsillo sin que Ramsés, que llegaba a la Recepción, se percatara de la llamada. Quizás se estaba volviendo un poco aprensivo, como Finkelstein. O a lo mejor no le interesaba que alguien que ya se había metido en sus asuntos al liberarlo de Nicanor Jiménez en la discoteca se colara aún más en algo de claro carácter privado. Ramsés lo saludó de manera efusiva, como siempre. Estaba recién peinado, con ropa blanca impecable y zapatos del mismo color. Parecía aún más alto y sólido. Comentó al colombiano que no olvidara la cena con espectáculo folclórico programada para la noche, y cuando Carmelo le preguntó qué hacía en el lobby una hora antes de la cita, Ramsés sugirió de vaga manera que había bajado a ver «qué había por ahí». En ese instante también se presentó en escena Minerva María. Ramsés se apresuró a festejar la aparición de su asistente como una casualidad. Al saludarla con un beso en la mejilla, Carmelo aspiró aroma a mujer recién bañada, recién perfumada, recién vestida, recién tirada. Ramsés disimuló preguntando a Minerva María si tenía algún plan especial o si quería acompañarlo a pasear «por ahí» hasta las nueve. Minerva no tenía ningún plan especial, así que aceptó con mucho gusto su casual invitación.

—¿Y tú? —le preguntó a Carmelo—. ¿No nos acompañas?

Como lo suponía bien Ramsés, la respuesta negativa del fatigado Carmelo era obvia; así que se despidieron y el colombiano subió a su habitación con el papelito en el bolsillo.

A lo largo de lo que quedaba de la tarde, no dejó de pensar en la llamada de Regina. Debía de tener algún problema. ¿Le habría revelado al novio de Brasilia lo de sus amores con Sergio Pinheiro? ¿Estaría torturándola el remordimiento con su novio de dos años? ¿Había hecho plop la burbuja? ¿Buscaba ayuda?

Regina no llamó de nuevo.

Durante el *buffet* de platos típicos que precedió al espectáculo folclórico, Sergio Pinheiro buscó a Carmelo y Finkelstein con buenas noticias. Lo había averiguado: los restos de Dom Pedro el *Perdedor* —Sergio lo había bautizado así, en un alarde de repentismo— estarían expuestos el domingo entero en la sala principal de la Prefeitura. Los P.I. tenían libre la mañana de ese día para ir a la playa, y en la tarde se había acordado una cita con el presidente de la Asociación de la Pequeña Industria Bahiana. El homenaje debía ser en horas vespertinas, con el fin de dar muerte rápida a la insoportable reunión programada con el presidente de los pequeños industriales. Para ello, era preciso incorporar la visita en el programa oficial; es decir, había que comunicar a Ramsés el deseo de los visitantes en el sentido de rendir respetuoso homenaje a Dom Pedro aprovechando la feliz coincidencia de la llegada de la caravana histórica con la presencia de los P.I. ¿Será aconsejable subrayar que esa llegada se ha producido después de la nuestra y que sólo le garantiza a Dom Pedro el subcampeonato?, preguntó Finkelstein. Sergio recomendó una vez más que el asunto se manejara con delicadeza, porque Ramsés era un tipo de poco humor, bastante expeditivo y capaz de poner en peligro su puesto. ¿Te estás acobardando ante este emperador momificado que mandó fusilar al compañero Caneca?, protestó Finkelstein. No, no es eso —aseguró Sergio—, es que empiezo a darme cuenta de que la broma podría terminar mal. Carmelo le aseguró que lo entendía: Déjame que yo mismo me encargo de la misión. Y se dirigió hacia el lugar donde Ramsés departía con los alemanes.

Regresó optimista al cabo de pocos minutos. Ramsés se negaba a cancelar la cita con el presidente de la Asociación de la Pequeña Industria Bahiana para que el grupo se concentrara en el acto de ofrenda a Dom Pedro, pero aceptaba que quienes quisieran ir a rendir homenaje al Emperador lo hicieran, y quienes prefirieran recabar datos económicos sobre la región acudieran a la reunión con el dirigente industrial. Los amigos de Carmelo comentaron con regocijo la posibilidad de que «el sector más sensible a los acontecimientos culturales e históricos» se hiciera presente en el salón de la Prefectura. Veremos —dijo el colombiano— cuántos de nosotros pertenecemos a ese sector. El homenaje, de todos modos, había sido fijado para las seis de la tarde, y Ramsés iba a encargarse de avisar a los organizadores de la caravana imperial acerca de la visita de los Periodistas Internacionales. Los sensibles.

Posteriormente, mientras disfrutaban de una danza marcial de capoeira adocenada para el gusto turístico y de algunos episodios musicales adobados con macumba de exportación, Ayumi se aproximó maravillada a Carmelo. Macondo, le dijo. Es verdad, comentó Carmelo, encantado de que esta japonesa tímida revelara mayor sensibilidad que todos los demás sobre la magia invisible que extiende vínculos y amarres sin respetar mapas ni culturas. Luego le expuso a Ayumi su teoría, aún fresquita, sobre la expansión del alma caribe hacia el sur del Atlántico. Ayumi lo oyó boquiabierta y en un momento dado solicitó la inevitable licencia para tomar notas.

Al salir de la cena, el ex corresponsal del *Washington Post* pinchó dos veces a Carmelo en plan cómplice con el dedo en el costado y, cuando el colombiano quiso replicarle, el otro se estiró los ojos con los índices hasta ponerlos oblicuos, y sonrió. Desesperado, Carmelo se agarró la cabeza.

En Recepción le informaron que había entrado una llamada desde Brasilia. Pero el papel señalaba que provenía del embajador de Colombia, y Carmelo ni siquiera se tomó el trabajo de corresponderla.

La mañana del domingo, cuando el colombiano salió a la calle con sus elementos de baño, la claridad por poco le parte la cabeza. La playa, el sol y el mar no eran su idea de la felicidad, pero, resignado, se unió a sus compañeros, que desfilaban hacia un bus destinado a la playa del Farol da Barra.

La delegación, tan activa en São Paulo, se regalaba una horas de pereza sin complejos. Los miembros del grupo Expo Brasil habían decidido asolearse en la arena como caimanes, atendidos por los camareros de un bar vecino, cortesía de la organización. Algunas de las chicas jugaban voleibol de playa con los P.I., un tanto barrigones, y con Sergio Pinheiro, Adonis exhibicionista, que llevaba un traje de baño pequeñito. Amo de un vaso de cerveza helado, Ramsés se había acercado al trío hispanoamericano —Camacho, Finkelstein y Jiménez—, y formuló algunos comentarios detallados sobre los cuerpos de las muchachas que jugaban sobre la arena. Nicanor Jiménez había optado por un atuendo de bermudas, sandalias de caucho y medias blancas, porque no aspiraba a entrar al agua. «Chilango no toca mar», sentenció el mexicano. Las observaciones de Ramsés encontraron eco inmediato en los otros. Había empezado una Conversación Masculina. No muy discreto, Jiménez inquirió a Ramsés por unos arañazos aún frescos que exhibía en la espalda. Ramsés sonrió.

—Ojalá no me hubieras preguntado —dijo con una mirada de cuate—. Pero, ya que lo hiciste... Son de una amiguita que tengo aquí en Salvador. Un poco apasionada, ¿no?

Carmelo dedujo de inmediato que no había tal amiguita de Salvador. Los arañazos hablaban bien de los ímpetus amorosos de Minerva María.

—Dicen que las mujeres más apasionadas son las brasileñas y las chilenas —aventuró Finkelstein, como si fuera depositario de una experiencia que le permitía ofrecer catalogaciones.

Ramsés se mostró escéptico.

—Cualquier mujer puede ser la más apasionada del mundo —filosofó, aspirando un sorbo de cerveza—. Eso no depende de nacionalidades —y agregó, observando a Carmelo—: Estoy seguro de que, en las circunstancias adecuadas, hasta una japonesa puede resultar un volcán de pasiones.

Carmelo suspiró hondo y se dispuso a responderle sin mucho ánimo. Pero Jiménez estaba interesado en continuar con el tema de los rasguños.

—Dudo de que estas heridas hayan desaparecido cuando lleguemos a Brasilia —comentó Míster México—. ¿No crees que tu mujer podría pillarte?

—Mi mujer no hace preguntas porque sabe que podría obtener respuestas —contestó Ramsés.

—No entiendo por qué supones que tengo algún lío con la japonesa —intervino, incómodo, Carmelo.

Ramsés abrió los brazos y mostró una amplia sonrisa de malévolo inocente.

—¡Pero si yo no he dicho nada! Yo estoy hablando en general, ¿o no, amigos?

—Tiene razón Ramsés —comentó Finkelstein, que estaba gozando de lo lindo—. Si tanto te ofendés, es porque ocultás algo.

—Les juro que con Ayumi no he hablado más que de *Cien años de soledad* —protestó Carmelo.

—¡Por supuesto! —exclamó Ramsés con un guiño a los otros.

—¿Y tú, qué? —retó Camacho a Finkelstein—. No me digas que llamas a tu mujercita todas las noches y le pides la bendición en medialengua a tu hijita antes de acostarte.

—Mi mujercita, que lee mucho tus columnas...

—Ya me lo dijiste —repuso Carmelo—. No cambies el tema.

Finkelstein parecía sentirse a gusto de que lo vincularan a esta charla de amigotes, y optó por hacerles una confesión.

—Está bien —dijo el argentino—. Cuando lle-guemos a Rio de Janeiro les presentaré a una chiquita que conocí cuando estuve allí un par de días, camino a São Paulo. Me tiene loco de amor.

—¡No jodás! —exclamó Carmelo.

—¿Cómo es la cosa? —preguntó Jiménez, que se había quitado las sandalias y las medias y jugaba a abrir y cerrar los dedos de los pies.

—Bueno, que en esos dos días salí por ahí a cami-nar y encontré a esta chiquita, una muchacha de familia tradicional, muy ingenua pero preciosa; estuvimos hablan-do y la cuestión acabó como tenía que acabar, cogiendo. ¡Una barbaridad! La mina parecía tener un motor en la pelvis, te lo juro. Dafne, se llama.

Ramsés puso cara de cortés admiración.

—Caramba, Finkelstein —comentó Carmelo—. Quién podría adivinar que detrás de esas gafas de Mister Magoo y esa calvicie de pensador griego se oculta un ver-dadero monstruo del sexo.

—Dejate de joder —dijo el argentino, complacido.

—Lástima que el representante de ese país de pa-siones que es Colombia sea un varón tan casto —comentó Ramsés.

—Casto no, anciano. Medio siglo al servicio de la humanidad, caballeros —replicó Carmelo.

—¿Y tu mujer te acepta esta disculpa? ¿O es que ya no prestas servicio conyugal?

Como con el tema de la japonesa, Carmelo volvió a vacilar. Balbució algo y al final dijo simplemente: «Bue-no, a veces».

Ramsés cambió de tema y ofreció noticias sobre el homenaje a Dom Pedro.

—Hablé con la Prefeitura y los esperan a las seis. No sé cuántos de ustedes acudirán, pero estarán acompañados por Virgilio Vicente Aguiar y mi asistente. Yo, lamentablemente, tendré que ir con los que cumplirán la cita con el presidente de los pequeños industriales bahianos. El tema nos parece clave para explicar el poderoso papel de la industria a escala reducida en el desarrollo general del Brasil, y el señor ha sido muy amable al aceptar reunirse con el grupo un domingo.

—¿Y Sergio Pinheiro? ¿No viene con nosotros? —intentó salvarlo Carmelo—. Me parece que admira mucho a Dom Pedro.

—Lo dudo —repuso Ramsés—. Él mismo me dijo que quería acompañar a los que iremos a la entrevista con el industrial.

Se había rajado, pensó Carmelo.

—Almorzaremos en el hotel —señaló Ramsés antes de caminar hacia el mar.

El partido de voleibol continuaba y, después de haber observado los temibles rasguños en la espalda de Ramsés, Carmelo empezó a ver a Minerva María con ojos más interesados.

—Despiértame en veinte minutos —le recomendó a Finkelstein, tendido sobre la arena—. De modo que estás loco por una carioca. Lo tenías calladito.

El argentino se había incorporado para catar el agua.

—De estas cosas es mejor no hablar mucho. En veinte minutos te despierto. ¡Sayonara!

—¡Hijueputa! —alcanzó a gritarle Carmelo.

—¡Por Xangô! —repuso desde lejos Finkelstein.

—¿No le gustaría una cerveciña bien helada, señor Camacho? —preguntó Jiménez, que velaba al lado suyo.

Con los ojos entrecerrados y una sensación de placidez semejante a la anestesia, Carmelo optó por el silencio.

La urna funeraria de Dom Pedro I de Brasil y IV de Portugal reposaba entre una fila de cirios y un mar de flores en el salón de la Prefeitura. El óleo que colgaba de la pared —y que era parte, sin duda, de la parafernalia de la peregrinación patricia— mostraba a un Dom Pedro no muy épico. Exhibía mirada asustadiza y ojos saltones; pelo alto, alborotado y ondulado; patilla que descendía raudamente por el cachete huesudo y, luego de una gambeta ágil, se convertía en bigote; bigote algo fantasma; boca pequeña, labios carnosos, escasos pelos bajo el labio inferior, mandíbula estrecha y alargada; y nariz más larga de lo que podría esperarse. Ni siquiera el hecho de que se hallara forrado en medallas, borlas, botones de oro, charreteras, cordones y entorchados le confería la fiereza militar que es de suponer en un emperador. Banderas del Brasil, Portugal y Bahía presidían la calurosa pompa del salón. Las ventanas del viejo edificio acezaban de par en par, pero no entraba por ellas ni una sola brizna de viento. A los lados de la caja dorada, no mayor que una papelera, se apostaban dos hileras de soldados en traje de gala. Parecían desleírse bajo el calor, pero soportaban con disciplina el lento proceso de evaporación.

A los pies de las peanas en que se apoyaba la urna yacían numerosas coronas de flores adornadas con cintas de color violeta. Los oferentes de las coronas legaban en las cintas un breve pensamiento impreso en letras doradas, unas pocas palabras de homenaje o, más humildemente, su nombre: «Asociación Lusitana de Bahía»... «Ateneo de Historia»... «Escuela Agrícola Dom Pedro I»... «Restaurante Lisboa»...

Algunas bancas como de iglesia se agrupaban a la derecha para que tomaran asiento dignatarios y visitantes de postín. El pueblo llano desfilaba en hilera simple: se acercaban los curiosos, observaban la urna dorada, la tocaban como si se tratase de una reliquia religiosa, se santiguaban y salían. Una inesperada dimensión de macumba inspiraba la ceremonia. A pesar de ser domingo, no había mucha gente a las seis de la tarde. Tal vez las familias preferían disfrutar del crepúsculo en la playa o se refugiaban en sitios más frescos. Muchos estarían viendo por televisión el partido de fútbol, aunque no jugaba Brasil ese día. Los organizadores del fúnebre periplo habrían querido que hubiese mucha más gente, para borrar así la afrenta que infligiera a la memoria histórica del Emperador el rechazo de los ingratos pernambucanos.

Sentados en la banca, varios funcionarios de riguroso blanco y cinta negra en el brazo esperaban a la delegación de periodistas internacionales que de manera tan amable y conmovedora quería rendir homenaje al padre de la patria brasileña en su triunfal regreso a casa. No tardó en aparecer el grupo. Iba presidido por Virgilio Vicente Aguiar, a cuyo flanco caminaban Minerva María, el japonés, Nicanor Jiménez y el antiguo corresponsal del *Washington Post*. Cerraban el desfile Carmelo Camacho y León Finkelstein, portadores de una corona encintada que desde el hotel ordenaron arreglar a una empresa de pompas fúnebres.

Se produjo un saludo formal de la delegación y los funcionarios de la Prefeitura, y enseguida los portadores de la corona depositaron la ofrenda a los pies de la urna y desplegaron la cinta, cuya inscripción rezaba:

*Homenaje de la Prensa Internacional al
Emperador Dom Pedro: I de Brasil, IV de
Portugal, II de Salvador de Bahía.*

Los anfitriones, conmovidos, abrazaron a los oferentes y agradecieron el homenaje, aunque con seguridad no alcanzaron a entender la alusión al subcampeón maratoniano que encerraba el último de los títulos. Los visitantes sí, según lo atestiguaba el guiño entre Finkelstein, Carmelo y compañía.

Agotadas las emocionadas muestras de aprecio, Aguiar alzó los brazos teatralmente con el sombrero blanco en la mano derecha, lanzó a su alrededor una mirada penetrante que sembró profundo silencio en el aula y, luego de tocar con gesto grave la urna, gritó «¡Impávido coloso!». A continuación retrocedió paso a paso sin dar la espalda a las cenizas del Emperador, hasta desaparecer por la puerta principal con los brazos en cruz. Los demás lo siguieron sin decir palabra.

La Gran Ceremonia había terminado.

Se reunieron con los demás para cenar y algunos, entre ellos los tres hispanoamericanos, regresaron caminando ritualmente al hotel. La noche estaba caliente, y una brisa con olor a fritura aliviaba las calles del Pelô, como llamaba al barrio Ramsés. Un papelito esperaba en la casilla de Carmelo. Se imaginó que sería de Regina y optó por guardarlo nerviosamente en el bolsillo antes de que alguien se percatara del recado. Sergio fue el encargado de recordar que era preciso levantarse antes de las ocho para desayunar y dejar listos los equipajes. ¿Alguien quiere que lo despierten? Carmelo miró la hora. Eran las doce pasadas.

En su habitación no quiso revelarse a sí mismo apremios de adolescente por enterarse del contenido del papel y, antes de leerlo, se descalzó, fue al baño, orinó, se aplicó agua de colonia en el cuello y la frente y se deshizo de los pantalones. El mensaje era de Regina, como suponía. Había llamado a las diez y veinte, y luego a las once y media, y decía que tenía que hablar con él de manera urgente. No dejaba número alguno. Prometía llamarlo más tarde esa misma noche.

Carmelo hizo algo que nunca hacía: sacó del minibar una botella de vodka que parecía de juguete y la mezcló con coca-cola. Luego encendió el televisor y se dispuso a esperar la llamada de Brasilia. Al rato tuvo un pronto y telefoneó a Recepción. Quería averiguar si el señor Pinheiro había recibido una llamada como la suya. «Es para averiguar un detalle del programa de mañana», se disculpó Carmelo, sin que le hubieran pedido justificación alguna. La recepcionista le dijo que no. La persona de Brasilia sólo había preguntado por él. Dos veces. Carmelo agradeció y se estiró en la cama tranquilo con el vaso en la mano.

El teléfono sonó unos veinte minutos después.

—Pensé que no ibas a regresar nunca —le dijo Regina con voz atropellada.

—Y yo pensé que te habías olvidado de que aún estamos en Brasil. Soy Carmelo Camacho, ¿te acuerdas de mí? —repuso el colombiano.

Regina no estaba en plan de enfrascarse en una rencilla diminuta.

—Terminé con él —le dijo de sopetón.

—¿Terminaste con Sergio?

—No, hombre, con el gringo. Le conté lo de Sergio, le dije que estaba confusa y que prefería que cortáramos el asunto.

Silencio.

—¿Carmelo? ¿Me oyes?

—Sí, sí. El gringo.

—Estoy angustiada, Carmelo. Llevo tres días casi sin dormir. El gringo llama cada hora y me dice que no se esperaba esto y toda esa historia y que su familia soñaba con conocerme; en fin, la mierda para señoritas.

—¿Qué te ha dicho Sergio?

—No lo sabe.

—¿No le has contado nada a Sergio?

—No. También es por eso que no duermo.

—¿Por qué no me llamaste antes?

—Te llamé varias veces, como tres.

—Una vez. Las otras dos fueron hoy.

—Está bien, una vez. Te digo que he estado muy confusa. Pensé que en un par de días se me pasaría el enredo y podría vivir tranquila otra vez.

—Y que al llegar a Brasilia encontraría a una Regina sonriente y dispuesta a contarme lo que ocurrió.

—O que ni siquiera necesitaría contarlo.

—O que ni siquiera necesitarías contarlo, de acuerdo.

—Pero todo salió mal, y ahora no sé qué hacer.

—Bueno, primero que todo, calma. Calma y dignidad —Carmelo procuraba comportarse a la altura—. Creo que es lógico lo que te pasa, querida, así que no debes asustarte.

—¿De qué?

—Pues de lo que te pasa. Le abriste un huequecito a la burbuja, niña, y estás pagando el precio.

—¿Tú crees?

—Claro. El reencuentro con la realidad, ¿ves? El reencuentro con la realidad, pero bajo una fuerte influencia de la burbuja. La burbuja te induce a modificar la realidad, y al final no sabes si *tu* realidad es la burbuja o es la otra.

—¿Entonces?

—Entonces, nada. Es apenas lógico que estés así. Ese desacomodo entre burbuja y realidad lo pagas sufriendo un poco, sintiendo todo eso que sientes: angustia, desconcierto, dudas; en fin, la mierda para señoritas, como dices.

—Mira, Carmelo: yo te agradezco que estés oyendo a estas horas mis tonterías, y de verdad lo medité mucho antes de llamarte, te lo juro, incluso una vez intenté y luego pensé que yo tenía que resolver esto solita, y creo que tienes razón en lo de la burbuja y etcétera. Pero...

—Pero qué.

—Pero el hecho de entender lo que me pasa no hace que no me pase lo que me pasa. ¿Me entiendes?

—Dime, ¿has visto películas de Cantinflas?

—¿De quién?

—No, nada, olvídalo. Te entiendo, no te preocupes: sabes por qué te duele la muela, pero no por ello deja de dolerte.

—Exacto.

—O sea...

—O sea que lo suponía —agregó Regina—. Es decir, por qué me dolía la muela, lo de la burbuja, ¿sabes? Pero nada de eso me aplaca los sentimientos, que siguen bastante revueltos.

—Ponme atención, niña: mañana llegaremos allá, y todo será más tranquilo. Verás a Sergio, te pondrás contenta. En fin.

—No sé si todo eso será mejor o peor. Por lo menos sí hay una cosa mejor y es que puedo pedirte ayuda. Que me oigas y me aguantes un poco... ¿Puedo?

—Claro que puedes, con gusto. Um prazer, como dicen ustedes.

—Bueno, pues ayuda mucho saber que podré darte lata. Además, me tranquiliza comprender que hice bien en llamarte esta noche. Eso evitará escenas peligrosas en Brasilia ante el respetable público.

—¿Llanto y esas cosas?

—Llanto y esas cosas, sí señor.

—¿Tan mal estás?

—Tan mal estaba. Pero ahora estoy mejor. Siquiera cuento contigo, hermano mayor.

—Bueno, hermana. Pues ahora ya sabes. Así que vete a dormir y que sueñes con Blancanieves.

—O la madrastra. Ya veremos.

—Nos esperan días movidos de Ministros, burocracia y reuniones, querida. No todo ha de ser esta maravillosa molicie de Salvador de Bahía. Es mejor que estés descansada y tranquila. Y que hayas dormido bien.

—¡Eso sí que me quita el sueño definitivamente!

—¿Qué?

—¡Otra vez el pastel de Delfim Neto! Que duermas.

—Espera... Quería decirte que sigo oyendo a Chico Buarque. ¡Coloso!

—¿Verdad que sí? ¡Lo adoro!

—Bueno, ya está bien de charlas nocturnas: amanhã há de ser outro día. Que sueñes con Delfim Neto...

—No me lo vas a creer, Carmelo —le susurró Finkelstein cuando Camacho apareció en el vestíbulo con su maletín de viaje. El argentino estaba esperando su llegada—. Anoche me llamó Minerva María.

Sí, era de no creérselo. Carmelo lo tomó del codo y le pidió que le repitiera con calma lo que estaba diciendo.

—Pues que me llamó por teléfono Minerva María, la asistente de Ramsés —reiteró Finkelstein—. Apenas regresamos de la comida, me fui a mi cuarto a dormir. Y un ratito después, el telefonazo. Estaba muy cariñosa. Me dijo que no tenía sueño y que había decidido llamarme para conversar un rato.

—¿Te acostaste con ese bizcocho? —le preguntó directamente Carmelo, que quería ahorrar literatura.

—Pará, pará. Por ahora no ha habido nada. Conversamos unos veinte minutos, fue muy simpática, dijo cositas sugestivas y creo que quedó abierta una puerta interesante.

—¿Cositas sugestivas? ¿Cómo así?

—Sí. Por ejemplo, que había dado instrucciones a Recepción de que le avisaran cuando yo regresara al hotel.

—¿Y tú le creíste eso?

—Viejo —comentó Finkelstein con tono detectivesco—: Lo confirmé después, cuando colgamos. ¿Vos creés que soy boludo?

—Buenobuenobueno. Así que tienes a esa Dafne, que enamoraste en Rio; a tu mujer, que te espera en Buenos Aires leyendo mis columnas; y ahora a Minerva María, que parecía inaccesible. Coño, Finkelstein, déjanos algo a los demás...

Aguiar se acercó un instante para saludar a los dos periodistas, entregó a Carmelo una bolsa de plástico con un libro y le dijo algunas cosas al oído. Luego golpeó los tacones y se apartó.

—Bicho raro —dijo Finkelstein.

—Bicho maravilloso —dijo Carmelo.

Finkelstein volvió rápidamente al tema principal: «Seguiré informando».

Al entregarle el libro dos horas antes en el hotel, envuelto en una discreta bolsa, Aguiar había advertido a Carmelo que se trataba de uno de los pocos filósofos que ha producido el trópico. «Por tanto —agregó mirándolo fijamente desde el fondo de los anteojos oscuros—, es un humorista. Cuando el trópico produce filósofos, lo hace en forma de humoristas». Le recomendó que lo leyera con cuidado, pues allí encontraría pequeñas luces que le ayudarían a entender la oscuridad del momento. El avión estaba retrasado. Carmelo hurgó la bolsa, sacó el libro y se alejó a leer solitario a una de las pocas mesas vacías de la pequeña cafetería del aeropuerto. Se llamaba *El libro rojo de Millôr Fernandes,* y en la portada había un tipo con la gorra del camarada Mao Xedong.

Carmelo empezó a hojearlo con interés y poco a poco entendió lo que Aguiar decía. Eran máximas sacadas de artículos o de obras de teatro de un humorista llamado Millôr Fernandes. Pequeñas frases que contenían verdades envueltas en papel risueño. Algunas de ellas habían sido subrayadas por Aguiar con un lápiz trémulo. Carmelo se entretuvo buscando y repasando las frases que Aguiar había destacado. *Cuando una ideología está muy viejita, se va a morir al Brasil... El pueblo brasileño todavía no está preparado para comer... Se puede ser el último de los rápidos o el primero de los lentos... Ser pobre no es un crimen, pero ayuda a llegar allí...* Carmelo meneó la cabeza aprobatoriamente. *Muchos de los que hablan todo el tiempo contra la corrupción están tan sólo escupiendo en el plato donde no consiguieron comer... De todos los países del mundo, Brasil es el más rico en pobres...*

Camacho estaba encantado. Tardó poco en echar mano a su bolígrafo y empezar a subrayar, costumbre que había heredado de su padre, que a su turno la había heredado de su abuelo, que a su turno... Cuando estudiaba alguno de los libros de derecho que dormían en la biblioteca familiar, reconocía tres generaciones de subrayados. *La vida sería mejor si no fuese diaria.* Algunas lo hicieron sonreír abiertamente. *No somos la imagen de Dios. Somos apenas su autocrítica.* Un filósofo, un humorista tropical.

Héroe es el que no alcanzó a huir. Un pensador. *Brasilia es lo innecesario convertido en irreversible.* Por Xangô.

—Malas lecturas —comentó Ramsés, señalando el libro.

La inglesa alta, el alemán hermético y Ramsés habían arrimado asientos a la mesa de Carmelo y, mientras esperaban un camarero para ordenar un café, el subsecretario del Ministerio del Interior y jefe de la organización examinó la portada del libro que el colombiano tenía entre manos.

—Malas lecturas —repitió el jefe de la organización.

—¿Cómo dices? —preguntó Carmelo.

—Un comunista —puntualizó Ramsés.

—Pues a mí me parece un filósofo —intentó defenderse el desconcertado Carmelo—. Aguiar opina que es uno de los pocos filósofos que ha producido el trópico.

La inglesa alta mostró interés en el libro. Consideraba graciosa la portada con el retrato falseado de Mao Xedong. Apático, el alemán condescendió a preguntar de quién se trataba.

—Un escritor rojo. Por eso el título —explicó Ramsés.

—Carmelo, ¿estás leyendo autores comunistas? —preguntó la inglesa alta con mirada fingidamente severa.

—Yo no diría que es un autor comunista —protestó Carmelo—. He leído poco, pero lo que pienso es que es un humorista excelente.

—Un humorista comunista —aclaró Ramsés con cierta gravedad académica que le quedaba mal.

—Extraño: siempre oí que era imposible —intervino la inglesa alta—. Quiero decir, que era imposible que un humorista fuera comunista. O un comunista humorista.

—También es verdad —aceptó filosóficamente Ramsés—. En realidad, se trata de un humorista extremista.

—Eso ya está mejor: humorista extremista —glosó la inglesa.

—En realidad, lo malo no es que sea comunista sino que sea humorista —atravesó su lanza el alemán hermético.

A Carmelo le irritaba muchísimo el alemán hermético y escogió no prestarle atención.

—Si fuera extremista —replicó Camacho a Ramsés— dudo mucho de que lo dejarían circular en Brasil.

—Creo que Carmelo ha lanzado un buen argumento —apoyó la inglesa alta.

—Equivocadísimo —sonrió Ramsés—. Justamente, lo que demuestra la publicación de este libro es que este país es una democracia. Incluso conozco un sitio en Rio, o tal vez en São Paulo, donde venden obras de Marx.

—Oh —dijo la inglesa con fingida admiración.

Ramsés, que había agarrado el libro, leyó en portugués: «En caso de peligro no grite: podría atraer a la Policía». Enseguida lo tradujo a su inglés tolerable. La inglesa alta celebró la frase con una amplia sonrisa.

—No me digan que el que escribió esto no es comunista —resopló Ramsés.

Y enseguida leyó otra cita subrayada con lápiz que acababa de descubrir: «Si éste es el país del futuro, denme uno del pasado».

—Hay quienes considerarán esto francamente antibrasileño —sentenció el subsecretario del Ministerio del Interior.

La inglesa salió en defensa de Millôr:

—No veo que mencione al Brasil —dijo—. Valdría también para Inglaterra, por ejemplo.

Ramsés se dirigió ahora a Carmelo.

—Noto que has subrayado mucho —comentó con mala intención.

—A lo mejor termino subrayándolo todo —dijo el colombiano, dispuesto a proteger los subrayados de Aguiar. Le pareció que Ramsés buscaba con los ojos el lápiz que Carmelo no tenía.

El alemán había optado por hojear despectivamente el libro mientras hablaban los otros, y no tardó en volver a la carga.

—Nada se puede esperar de un humorista —sentenció.

—Y menos de un humorista extremista —precisó Ramsés.

—Pues son, a veces, los únicos capaces de explicar una sociedad —insistió Carmelo—. Cervantes era un humorista.

—Cervantes, el español —explicó Ramsés a los ingleses, empinado en lo más alto de su cultura general—. El de *El Quijote*.

—Me suena —anotó la inglesa alta con tono sarcástico que no advirtió Ramsés.

—Por ejemplo, esta frase —Carmelo citaba de memoria en portugués una que acababa de leer—: «A mordaça aumenta a mordaçidad». En inglés no tiene mucho sentido, porque encierra un juego de palabras, pero en español o portugués es espléndida.

—No le veo la genialidad —dijo, escéptico, Ramsés, que en realidad no se la veía.

—¿Ves? Es lo que pasa con los humoristas —golpeó el alemán—. Tan pronto como los sacas de su lengua, no significan nada.

Carmelo estaba perdiendo los nervios:

—Los humoristas lo dicen todo, pero de otra manera. Mucho más que los políticos, los sociólogos, los presidentes o los hombres de negocios que aparecen en las portadas de las revistas.

—Pues en eso sí creo que aciertas: nunca verás un humorista en la portada de una revista importante —apuntó el alemán.

—Es verdad —puyó Ramsés—. Y menos un humorista extremista.

—Caballeros —terció la inglesa—: ¿No íbamos a tomarnos un café?

En el pasillo del avión, Carmelo vio que una Minerva María sonriente y un jubiloso Finkelstein ocupaban sillas vecinas.

Lo innecesario irreversible

Carmelo pensó que no era su mejor viaje al exterior. Estaba condenado a los vecinos indeseables. Había querido compartir las horas de vuelo con una de las traductoras, más concretamente con la morena que auxiliaba a los alemanes, pero le había tocado una larga charla sobre subdesarrollo económico, cultural y mental con el periodista inglés. Ahora tenía apenas cuarenta minutos para inscribirse en el Hotel Nacional, dejar el equipaje, liquidar un almuerzo rápido que había dispuesto la organización en la cafetería del hotel y salir hacia el Ministerio de Hacienda. No es mi mejor viaje, se repitió Carmelo en el momento de bajar del bus. Habría querido escapar de la conferencia con Delfim Neto y abandonarse en brazos de un almuerzo largo y una siesta profunda en vez de claudicar ante la media jornada burocrática que les tenían sentenciada. Pero al menos podría, ya en horas de la noche, tomarse unos guaranás con vodka y oír la historia sentimental que quería contarle Regina.

Volvió a saber que no era su mejor viaje unos segundos después. Tan pronto como emergió de la puerta giratoria del hotel, un hombre de su edad, muy bien vestido y de amable aspecto, se levantó de un sillón en el vestíbulo principal y se dirigió a él con los brazos abiertos. Era el embajador de Colombia, antiguo condiscípulo suyo de la Escuela de Derecho. La acechanza del diplomático lo tomó por sorpresa. Alcanzó a oír que el embajador le decía afectuosamente algo así como esta noche no te escapas, bandido, te tengo planillado para una comida buenísima, y se oyó a sí mismo saludar titubeante a su compañero de aulas, y a este que le reclamaba por las llamadas no respondidas, y escuchó su propia voz de culpable en el momento en que aceptaba gustoso la invitación, y al embajador que agregaba en este país están pasando cosas interesantísimas, y a sí mismo exclamar estupendo y acordar que a las ocho y media lo recogerían el embajador y su señora en la puerta del hotel, y decir muchísimas gracias. Cuando vio despedirse a su antiguo compañero de estudios con un movimiento de cuatro dedos en alto y treinta y dos dientes de sonrisa, Carmelo empezó a entender la trampa en que había caído, por Xangô. A su edad. Con su veteranía. Tachonado de canas. Parpadeó varias veces sin creérselo. Y subió atónito a su habitación, porque ya quedaba apenas un cuarto de hora para la cita en la cafetería con la delegación.

Como todas las conferencias de prensa en todos los ministerios del mundo, el personaje hizo su entrada con pasos seguros y sonrisa firme después de forzar a los periodistas a una espera de varios minutos aliviada por café y gaseosas. Seguía a Delfim Neto una corte de funcionarios y, al final, cargados de papeles, gráficos, cuadernos, libros, folletos e informes económicos, los oficiales de información asignados al viaje de los P.I. Entre ellos estaba Regina. Carmelo la notó un poco pálida y quizás (¿o eran ideas suyas?) algo liviana de peso; pero le pareció muy atractiva con su disfraz de empleada seria. La muchacha se ocupó de repartir con rapidez el material de referencia, sonrió nerviosamente a los P.I. que la saludaron y le reprocharon su ausencia, y al llegar a Carmelo ni siquiera lo miró a los ojos: simplemente le entregó los dos kilos de documentos y pasó al siguiente periodista, que era, para variar, Nicanor Jiménez. El mexicano los recibió y comentó a Carmelo: «Más peso pa' la maleta».

Camacho tuvo que hacer un esfuerzo para asentir, porque llevaba una hora larga con la maquinaria de la cabeza trabajando a toda vela en el oficio pertinaz de recriminarse a sí mismo la condescendencia con el embajador y buscar posibles soluciones a la situación en que se había metido por su incapacidad de «conjugar el verbo *no*», como decía su tía Rita. Conjugar el verbo *no*. ¿Había algo chueco en la cortesía criolla, en la cultura precolombina o en el vecindario de la línea ecuatorial que hacía casi imposible a los bogotanos ejercer el derecho a conjugar el bendito verbo?

Delfim Neto continuaba hablando y respondiendo preguntas mientras Carmelo proseguía con su larga tortura de reflexión personal. Ahora acababa de darse cuenta de que lo miraba Regina con atención. Camacho le guiñó un ojo. Ella sonrió y con un gesto circular del índice le señaló que necesitaba hablar con él cuando acabara la rueda de prensa. Aún más desesperado, el colombiano volvió a rumiar la amargura de su situación. De la etapa de la inculpación propia acababa de pasar a la etapa de la responsabilidad de terceros. La culpa era del maldito embajador, impertinente, agobiante, buitre de hotel, ave de presa de periodistas ocupados, emboscador de condiscípulos que nunca le profesaron mayor afecto. La reflexión desembocó pronto en la necesidad imperiosa de una disculpa tardía en justa defensa propia para cancelar la comida con el embajador y marcharse a oír la historia de Regina. Delfim Neto estaba terminando en ese momento la sesión de preguntas y respuestas, y Carmelo no tenía ni remota idea de qué había hablado. Pero su experiencia le indicaba que los documentos le permitirían salir del paso y sospechaba que seguramente el Ministro habría reiterado, en lenguaje de viejos amigos y humor confidencial de *petit comité,* lo que de manera un poco más circunspecta había expuesto aquella noche en el hotel de São Paulo. Lo importante era que Carmelo había tomado la firme decisión de desmontar con cualquier disculpa la cita con el embajador e ir a cenar con Regina.

—Ya saben, amigos periodistas —decía Delfim Neto—, que este Ministerio y este Ministro están a su disposición para lo que necesiten.

A Carmelo se le iluminó la cabeza entrecana: Delfim Neto acababa de regalarle la excusa para zafarse del embajador. En el hotel le dejaría al diplomático un mensaje donde lamentaría incumplir la cita y aduciría como pretexto que se había presentado la posibilidad de cenar con Delfim Neto y unos pocos periodistas más. «Con lo cual —seguía lucubrando— entenderás que es una ocasión inmejorable para mis reportajes». Podría terminar con una frase al estilo de «¿por qué será que el trabajo siempre se atraviesa en los momentos sabrosos con los amigos?».

Cuando Delfim Neto levantó la conferencia, varios acudieron a conversar con él; Carmelo, en cambio, se dirigió a donde estaba Regina y la saludó con efusividad. Ella respondió con parecido entusiasmo y, al cerciorarse de que tenían unos segundos a solas, le confió algo que «sé que te va a gustar»:

—He decidido seguir tu consejo y contarle todo esta noche a Sergio.

—Qué bien —dijo Carmelo tratando de ocultar su desencanto.

—Sí —continuó ella—: Vamos a ir a cenar juntos; pediré dos caipirinhas para que se me suelte la lengua y le voy a contar todo lo que ha pasado.

—Era lo que había que hacer, claro. Así que le dirás todo.

—Sí. Estoy en plan sincero, Carmelo: voy a contarle que por él terminé con el gringo y que me perdone si he estado un poco rara y desentendida: ¿sabes que no lo llamé a Bahía ni una sola vez, a pesar de que me dejó varios mensajes? ¡Pobre...!

—Ya te lo decía yo...

—Lo único que me preocupa es que quizás tú habrías pensado que podríamos vernos esta noche.

—Justamente iba a contarte que no podríamos vernos porque me comprometí a cenar con el embajador de mi país, un viejo compañero de universidad, ¿sabes? Era imposible decirle que no. Así que me encanta que tengas programa.

—Pero es que también quiero charlar contigo con tranquilidad, y contarte más sobre este asunto. ¿Quizás mañana?

—Podría ser —dijo Carmelo con aplomo que él mismo no esperaba—. Lo importante es que te salga bien lo de esta noche: amanhã há de ser outro dia...

—Te agarraría a besos ahora mismo, Carmelo Camacho.

—Más bien resérvamelos para otra ocasión: ¿qué va a decir Delfim Neto si nos ve?

Carmelo abrió la puerta de su habitación a las dos horas y cinco minutos del alba, con la cabeza atontada por la cantidad de palabras, humo, comida y vino que le habían embutido el embajador y su esposa. Después de abrumarlo con opiniones, información y amabilidades, la opresiva pareja había decidido darle un paseíto nocturno por algunas zonas de la ciudad teniendo en cuenta que el grupo sólo pasaría una noche en la capital. *Brasilia by night* llamaba el embajador al pequeño tour. Por la misma razón lo aceptó Carmelo, aunque se hallaba exhausto y atribulado por sentimientos que no alcanzaba a definir del todo: era una mezcla rara de rabia, desazón, curiosidad y —eso temía— algo parecido a los celos. Lo sabía porque más de una vez se preguntó qué estarían haciendo Regina y Sergio mientras él recorría la ciudad desolada en un Mercedes Benz con dos personas empeñadas en suscitar su entusiasmo por el paisaje urbano. ¿Estarían ahora en un restaurante? ¿En un club nocturno? ¿Acaso en la habitación de Sergio en el hotel? La idea le parecía lógica, pero le repugnaba e inspiraba una actitud de distanciamiento frente a Regina y sus líos emocionales. Luego de una hora de recorrido en el que fingió mucho y se conmovió poco, Carmelo llevó al hotel la impresión cansada de una ciudad amarillosa y sin alma, cruzada por avenidas anchas, edificios artificiales, parques yermos y tierra reseca.

—Un horror, Brasilia —había musitado el colombiano buscando la complicidad de sus anfitriones.

La señora del embajador carraspeó antes de deslizar su sedosa discrepancia.

—Lo que pasa es que tú vienes de Salvador de Bahía —dijo—. El contraste es fatal para Brasilia, pero te juro que uno le coge el gusto a la ciudad al cabo de pocos meses.

—¿Qué remedio te queda? —replicó Carmelo.

—Además —remató el marido—: Muy segura, ¿sabes? No hemos sabido de ningún atraco.

Carmelo estuvo a punto de decirle que en una ciudad habitada por burócratas los atracos ocurren en las oficinas, no en la calle; pero estaba fatigado, se moría del sueño, quería que el paseo terminara pronto y no tenía ganas de ver una sola escultura ultramoderna más.

El embajador empezó a despedirlo con la recomendación de que le mandara los reportajes publicados.

«No te olvides de lo que dijo Nixon: América Latina tiene que ir hacia donde vaya el Brasil.»

Y, antes del adiós final, ya cuando Carmelo empezaba a empujar la puerta giratoria: «Oye, puedes citar mi nombre si quieres; no tengo problema».

A las siete horas y cuarenta minutos de la mañana, Carmelo cerró la maleta por enésima vez en una semana, la entregó al botones que esperaba impaciente en la puerta y hundió la cabeza en el lazo de la corbata, cuyo nudo no había desatado. Tenía cinco minutos para agarrar la chaqueta, caminar al ascensor y presentarse en el vestíbulo principal. El día iba a ser de agobio. A las ocho y treinta, desayuno en Itamaraty con el canciller Mario Gibson Barbosa. A las 11 a.m., reunión informativa con el Ministro de Industria y Comercio Marco Vinicius Pratini de Moraes. A la 1 p.m., almuerzo con el Ministro de Planeación, João Paulo Reis Veloso. A las 4 p.m., traslado al aeropuerto para emprender viaje a Manaus. Nos quieren conquistar por nocáut técnico, pensó Carmelo, que soñaba con una jornada de descanso. Según el programa, habría que esperar hasta el sábado para un pequeño descanso. Esa mañana se anunciaba un plan que parecía prometedor: paseo por el río y visita al Teatro de Ópera Amazonas; y, al caer la tarde, de nuevo al avión, con destino a Recife. Una mañana tranquila, la del sábado, pensó Carmelo; pirañas y teatro: ni un solo Ministro.

Nicanor Jiménez golpeó en la puerta, que de todas maneras estaba entreabierta, y lo invitó a bajar. Había sido su vecino durante la brevísima permanencia en Brasilia. Míster México lucía otra vez el traje aguamarina de las grandes ocasiones, y portaba un maletín de cuero cuarteado por el uso. Casi nos coge la noche, ¿verdad, señor Camacho?, le comentó Jiménez en el ascensor, por comentarle algo. Creo que nos cogió, sonrió Carmelo.

En efecto, cuando llegaron al salón del encuentro ya estaban todos preparados para partir. Carmelo se adelantó, dispuesto a saludar ostensible y cariñosamente a Minerva María ante los ojos de Regina, pero no alcanzó a hacerlo porque a sus espaldas se oyó un estrépito. Una treintena de rostros, entre ellos el suyo, volvió a mirar en busca del origen del estruendo: en la mitad del enorme corredor, estaba Nicanor Jiménez paralizado por la vergüenza; en la mano derecha sostenía aún las asas desprendidas del maletín, mientras a su alrededor se esparcía el contenido de la valija rota: ceniceros con inscripciones de los hoteles donde se habían alojado, multitud de frasquitos de champú y acondicionador, tres Biblias en inglés, peinillas, gorros de baño, jabones, brilladores de zapatos, sobres estampados, papeles, bolígrafos... Algunos de los ceniceros se habían destrozado contra el piso de mármol, y los fragmentos brillaban en el suelo. A los pies de Jiménez se extendía un pequeño charco de líquidos derramados. Algunas hojas de papel en blanco volaban inquietas por el corredor.

Regina fue la primera en reaccionar, y Camacho la siguió. Bajo la mirada de la concurrencia, de varios huéspedes y de algunos empleados del hotel, Regina y el colombiano guardaron de cualquier manera lo salvable del pequeño botín en el maletín desorejado de Nicanor, e intentaron tranquilizar a su dueño, cuyas manos temblorosas no atinaban a recoger los recuerdos desparramados. «Son para mis nietos», repetía en voz baja: «Les encantan estas tonterías».

—No pasa nada, hombre —insistió Camacho.

Con una mueca de fastidio, Ramsés dio la orden de partir, y la actividad y el bullicio volvieron a apoderarse de la escena.

—¿Has visto cómo se ha portado de bien tu amigo, el periodista argentino de las gafas grandes? —le comentó el ex corresponsal en Brasil del *Washington Post* a Carmelo—. Un Ministro ayer y tres más hoy, y ni una sola pregunta desagradable.

Terminada la agotadora jornada de entrevistas con miembros del gabinete, los P.I. esperaban ahora la salida con retraso del avión que iba a llevarlos a la tierra prometida del Amazonas.

—Es verdad —observó Carmelo.

—Pensé que iba a ser la más divertida de las jornadas, que el argentino iba a lanzarse contra el paquete ministerial, pero no pasó nada: me aburrí como una ostra.

Finkelstein dormitaba en otro sillón de la sala VIP, pero Carmelo no tuvo reparo en sacudirlo para que despertara.

—No estuviste muy agudo en tus preguntas —le comentó Carmelo.

El argentino volvía a la realidad tras el sueño bruscamente interrumpido y lo miró con ojos de lechuza.

—¿Qué decís? Perdoná, pero estaba dormido...

—Digo que tuviste a tiro de cañón a Delfim Neto, Gibson Barbosa, Pratini de Moraes y Reis Veloso y los dejaste gozar a sus anchas. El Terrible Finkelstein no les disparó ni una sola pregunta comprometedora...

—¿Vos creés? —dudó Finkelstein.

—Te diré más: daba la impresión de que les ayudabas, de que les proponías la pregunta puente para que ellos se lucieran: el papel de Dean Martin con Jerry Lewis, ¿te acuerdas?

—Mirá, no sé de qué carajos me hablás, ni entiendo qué tiene que ver Delfim Neto con Jerry Lewis.

Yo les pregunté lo que me pareció más indicado, ellos respondieron, y ya está...

—León Finkelstein: ¿te puedo hacer una pregunta directa, entre amigos?

El argentino observó a Carmelo con suspicacia, pero le dijo que sí, que la hiciera.

—¿Te acostaste con ella?

—¿Con quién?

—No me jodás, Finkelstein: con Minerva María. Te repito la pregunta: ¿te acostaste con Minerva María?

Finkelstein sacó un pañuelo y limpió las gafas, levemente empañadas por obra del aire acondicionado.

—No —dijo con voz resuelta.

—Así que no te acostaste con ella —aceptó Carmelo—. ¿Lo intentaste?

—¿No creés que te estás pasando, Camacho? Dejate de joder, eso es asunto mío.

—Es asunto de todos, del grupo, Finkelstein. ¿No te das cuenta de que Minerva María ha jugado contigo? ¿Que la pusieron allí para controlarte? ¿Que le dieron orden de coquetear contigo y mantenerte sin respiración para que no te fueras a salir de madre? ¿No ves qué no está enamorada de ti, ni quiere acostarse contigo, sino que cumple un trabajo? ¿Que es una forma de censura?

Un Finkelstein asombrado cedía bajo el impacto de las frases de Carmelo.

—Mirá, Camacho, te voy a explicar algo: entre Minerva María y yo ha surgido una cosa rara, una atracción extraña. No es el polvo de urgencia, si me entendés. Es más que eso, es una comunicación distinta.

—Sí, ya sé, una «energía interpersonal», una «química indefinible»... Huevonadas, hombre. A ella la comisionaron para que te mantuviera seducido y domado, y ha cumplido las instrucciones al pie de la letra. Y, lo peor, sin romperse ni mancharse, según me dices.

Camacho hizo una pausa y agregó, menos violento.

—León: Minerva María es la amante de Ramsés, ¿no te das cuenta? A través de ella Ramsés logró cortarte las alas. Te hicieron la lobotomía periodística, viejo. Cuando más esperaba el mundo de él, el Terrible Finkelstein abandonó el tango apache y bailó un valsecito rosado.

—No es así —intentó defenderse el argentino.

—Es así: todos comentan que formulaste preguntas de algodón de dulce —insistió Carmelo—. Ramsés es genial, aceptémoslo, te tiene atado. Y Minerva María ni siquiera quiso acostarse contigo. Ahora bien: tengo que decir, a favor de ellos, que Ramsés cree estar cumpliendo una misión de seguridad nacional y que Minerva María le obedece sin rechistar.

—La amante de Ramsés... seguridad nacional... estás loco —reaccionó Finkelstein—. Además, no se ha acostado conmigo porque *yo* no se lo he propuesto.

—¡No se lo has propuesto! —repitió Carmelo con decepción.

—Vos sabés, en esto lo mejor es ir con calma... qué querés que te diga.

Carmelo suspiró.

—Muy bien. Vamos a hacer un ensayo —prosiguió el colombiano—. Si estoy loco, como afirmas, si Minerva María no es la amante de Ramsés, si no está cumpliendo una misión de control como calientapingas, y en cambio tiene contigo una cosa rara, una atracción extraña, una comunicación distinta, dile esta noche que se acueste contigo.

—Pero vos creés que cogerse a una mina es...

—Finkelstein, sabemos de qué estamos hablando. ¿Alguna vez se lo has pedido a una mujer? Bueno, pero qué digo, si eres casado y tienes una novia en Rio llamada Delfina/

—/Dafne —corrigió Finkelstein.

—/o Dafne. Pues bien: está claro que sabes cómo pedirle a una mujer que se vaya a la cama contigo. Díselo esta noche a Minerva María. Si te la coges, como dices, felicitaciones: tú pasaste una noche estupenda, yo retiro lo dicho, y me lo agradecerás toda la vida. Pero si te sale con tonterías, y uno sabe bien cuándo una mujer le sale con tonterías, puedes empezar a creerme y a darte cuenta de que te silenciaron por la vía del pito, amigo mío. Y también me agradecerás toda la vida que te haya enseñado la dura realidad.

Finkelstein sudaba, y ya parecía haber admitido la posibilidad de la duda. Ahora su actitud con Carmelo era otra. De amigo en problemas a amigo leal.

—¿De veras vos pensás que...?

Carmelo le dio una palmadita en la rodilla.

—De veras. Pero ya sabes cómo puedes averiguarlo, che. Lo que no puedes es pasarte otra semana embobado por una muchacha que te vigila y ni siquiera te lo da.

En ese momento Carmelo vio que Minerva María venía hacia ellos. Traía un café y un croissant, seguramente para Finkelstein.

—Además, la noche es propicia: la jungla misteriosa, el río que invita al amor, el trinar de los cocodrilos, el león que aletea en la selva...

Finkelstein sonrió aliviado y le confió antes de que llegara Minerva María:

—Está bien, che. Voy a hacer la prueba.

El colombiano dijo alguna cosa simpática para recibir a Minerva María y se despidió alegando que quería conversar con los otros. Mientras se dirigía en busca de un guaraná, Carmelo se sorprendió a sí mismo buscando a Regina con el rabillo del ojo. Se dio cuenta entonces de que ni un solo momento había dejado de sintonizar con las antenas su presencia en los salones de los Ministros, en el comedor del almuerzo ni en la sala VIP. Lanzando miradas oblicuas, y en apariencia sin intención, pudo percibir que la muchacha había charlado larga y animadamente con Jiménez; que había suministrado luego información y documentos a uno de los alemanes; que había tomado un café con Virgilio Vicente Aguiar; que se había detenido a conversar de manera disimulada con Sergio Pinheiro; y que ahora reía con algunas de las traductoras a la espera de que llamaran a abordar el avión.

Manaus para agonizantes

Había oscurecido ya cuando el capitán inició la aproximación a Manaus. Varios pasajeros se inclinaron hacia la ventanilla en busca de un primer contacto con ese ente misterioso, la selva, pero sólo pudieron ver una masa oscura. Hirotaka callaba y miraba con expectación. A su lado, Carmelo despertaba de un sueño amodorrado. «Si la noche es clara —comentó el colombiano—, observarás de repente algo parecido a un relámpago en la oscuridad de abajo: son los ríos, que reflejan por un segundo la luna». El japonés estaba impresionado. Carmelo insistió: «¿Ves ese espacio oscuro a la izquierda? Allá está el Perú. ¿Y ves esa masa negra, hacia la derecha? Es Colombia. Leticia. La frontera. Sus habitantes hablan un revuelto de español y portugués, y hay casas que tienen la sala en Brasil, la cocina en Colombia y el dormitorio en el Perú». Carmelo exageraba impulsado por el orgullo nacional, y el japonés asentía boquiabierto. «¿Conoces la selva?», preguntó Hirotaka. Carmelo sonrió. «Pasé muchas noches en el río, durmiendo bajo las estrellas —dijo—. Pero no me pidas que te describa lo que se siente, porque es imposible».

Carmelo sí conocía la selva, pero con superficialidad de excursionista. Alguna vez, durante sus años de colegial, había recorrido con un grupo de compañeros parte del río Caquetá a bordo de un planchón herrumbroso. Habían sido cinco días de navegación durante los cuales comían plátano, caldo y carne reseca y dormían en hamacas cruzadas unas sobre otras en la barcaza. Las noches eran silenciosas, sólo perturbadas por el murmullo del agua que se desgarraba con el paso de la embarcación y por ocasionales ululares provenientes de los árboles altos y lejanos de la orilla. En cambio, el amanecer estallaba en un estruendo de pájaros y chillidos de monos, y las estrellas que habían presidido el viaje nocturno quedaban borradas por la doble catedral de las orillas verdes y por un cielo rojizo que más tarde adquiría color azul intenso. El río perforaba con timidez la selva tupida, y a los dos costados sólo se veía un horizonte de árboles gigantescos. Volaban de orilla a orilla bandadas de palomas y loros gritones. De vez en cuando se acercaban las canoas de colonos o de indios coreguajes a vender comida. En un par de ocasiones los escolares habían visto una columna de humo que se elevaba desde el corazón de la manigua y entraban en excitadas discusiones sobre la explicación del hilo gris. Carmelo no había visto pirañas, caimanes ni peces monstruosos, como vaticinara erradamente el profesor de ciencias naturales; pero el espíritu extraño de la selva le había calado la memoria para siempre.

—De veras —agregó Carmelo—. Es inútil describirlo. Hay que meterse y verlo.

Manaus, uno de los puntos legendarios de la Amazonia, parecía muy distinto de aquella travesía lenta y maravillada que llevara a cabo treinta y cinco años atrás por el Caquetá, pensó Carmelo cuando se acercaron a la ciudad. El aeropuerto, relativamente moderno, contrastaba con ese pueblo grande de casas bajitas, desordenadas, ruidosas y en su mayoría pobres que veían desfilar ahora, camino al hotel. Por cada dos viviendas había un bar donde trepidaba una rocola tragamonedas. Parecía como si todos los habitantes se congregaran en las aceras y en la calle a conversar, a beber cerveza, a preparar una frituras cuyo olor espeso impregnaba el ambiente. El calor era implacable y los invitados sudaban a pesar del clima controlado del bus. Si sudor + calor era la idea que tenían de la selva, su imaginación había sido satisfecha. Pero si soñaban con una ciudad de arquitectura aborigen y uniforme, se habían equivocado de lugar. Manaus parecía un caos donde se alternaban calles de arena encharcada y avenidas de cemento por cuyas rendijas asomaba, indomable, la yerba. El comercio ofrecía aspecto de bazar persa, con infinidad de avisos y letreros comerciales. De la ciudad que a fines del siglo XIX fue llamada con notable descaro «el París de la jungla», quedaba poco: apenas la jungla. A estas horas de la noche la mayoría de las tiendas de electrodomésticos y enlatados ultramarinos permanecía cerrada con rejas; pero resultaba fácil imaginar que durante el día se convertían en hormigueros de compradores que regateaban por unos dólares más o por unas monedas menos. La fiebre del caucho, con sus fortunas súbitas, sus millonarios vulgares y sus riñas mortales, había terminado sesenta años antes; sin embargo, en el puerto aún parecía respirarse una atmósfera pendenciera de pueblo fronterizo.

En el bus, Carmelo había tomado asiento al lado de Aguiar. Observaban en silencio el espectáculo que desfilaba por las ventanillas. Esquinas salpicadas de putas regordetas con vestidos que les venían pequeños; vendedores de comidas callejeras; malandros que conversaban sentados en los sardineles balanceando en la boca un palillo de dientes; música estrepitosa que se mezclaba con más músicas; y en todas partes niños, niños semidesnudos, niños descalzos que jugaban a la pelota en calles embarradas, niños que se peleaban, niños que reían, niños que miraban con curiosidad el paso del bus, niños que estiraban la mano al vehículo de los turistas, niños que roían una mazorca o un pan, niños que fumaban colillas recogidas del suelo, niños que ajustaban cuentas a patadas con el perro que les había robado un trozo de comida...

—Bienvenido al Milagro Brasileño versión amazónica, forastero —le dijo Aguiar.

Al bajar del vehículo los recibió una bofetada de calor y humedad, como si les hubieran arrojado un balde de agua caliente.

Antes de entregar las tarjetas e identificar los equipajes, Ramsés improvisó una reunión de pie para presentar al ingeniero Drauzio Cardoso, un joven más bien tímido que los esperaba pulcramente vestido de blanco. Cardoso sería el encargado de acompañarlos mañana a las obras del ramal 319 de la Carretera Transamazónica, donde se están sentando los cimientos —dijo Ramsés— del Brasil del siglo XXI. Una vez terminó el subsecretario del Ministerio del Interior su breve introducción, pasó la palabra a Cardoso. El ingeniero tosió, más que habló, y explicó que los distinguidos visitantes podrían encontrar en sus habitaciones abundante información sobre este proyecto colosal (al oír la palabra «colosal», Carmelo buscó los ojos de Aguiar, pero tropezó primero con los de Regina y retiró los suyos rápidamente). Si alguno se hallaba interesado en saber algo más, desde esta noche el ingeniero Cardoso estaría a su entera disposición. Ramsés agradeció a Cardoso y recomendó a los periodistas internacionales que echaran una «lectura consciente» a los folletos que había aportado el ingeniero. Incluso propuso que, aquellos que quisieran hacerlo, cenaran con él para conocer más acerca de lo que será, agregó, «uno de los clímaxes del viaje». Al disolverse la reunión, un pequeño corro de los P.I. rodeó al ingeniero barbilindo.

Carmelo bajó al bar del hotel antes de que transcurriera la media hora. Era un salón que imitaba el trópico asiático, más que el americano, con sombreros de paja cónicos, como los que se veía en los noticieros sobre la guerra de Vietnam. Algún decorador hotelero gringo, veterano de Camboya y Laos, debió de haber sido el encargado de ambientar el lugar. Eso sí, para reforzar el toque local no faltaban algunas máscaras macabras de corte supuestamente amazónico. Poco a poco llegaban los P.I. dispuestos a refrescarse con alguna bebida y refugiarse en el aire acondicionado. Carmelo ordenó un guaraná con vodka.

—¿Guaraná con vodka? —preguntó, extrañado, el camarero.

—Sí, señor: guaraná con vodka.

Mientras aparecía el resto de sus compañeros, dispuestos a tomar un aperitivo antes de cenar, Carmelo decidió que al día siguiente iba a escaparse del programa oficial. Demasiados aviones, demasiados hoteles, demasiados funcionarios, demasiadas comidas formales, demasiadas petroquímicas, demasiados centros de convenciones, demasiadas carreteras transamazónicas. Demasiada propaganda y muy poco Brasil. Quería caminar a solas por la ciudad, perderse en el Mercado Central, deambular por las calles sucias y encharcadas.

Madrugó. Se levantó una hora antes de la cita con el grupo, llamó un taxi y pidió al chofer que lo llevara a desayunar a algún sitio. El taxi lo dejó en otro hotel, el Mónaco. Miró la hora. Eran las ocho pasadas. En este momento, pensó, empezarían a llegar los P.I. al comedor, pero Ramsés aún no se habría dado cuenta de su ausencia. Seguramente tardaría un buen rato más en enterarse. Camacho pensó que sólo notaría su falta después de las nueve, cuando todos estuvieran a bordo del bus, ya dispuestos para emprender el viaje de ciento cinco kilómetros por el ramal 319 hasta la carpa donde, según itinerario, el ingeniero Cardoso se proponía explicarles la hazaña de construir una vía visible desde la luna. Esto último no figuraba en el programa, pero lo había repetido varias veces durante la noche la entusiasta Minerva María.

El colombiano pagó, salió y echó a andar. Entre tiendas y depósitos de poca importancia halló lo que debió de haber sido una antigua mansión de caucheros. Estaba algo decaída y la pintura exterior revelaba manchas causadas por la humedad y el calor, pero conservaba un atractivo tono de dignidad.

El paisaje arquitectónico no era más reconfortante que el de la víspera, pero esta vez notó algunos edificios que le parecieron interesantes. Sin que pudiera compararse propiamente con París, Manaus resultaba mejor de día que de noche. Un par de veces avistó, al final de una calle, la ancha presencia del río Negro, cuyas aguas color coca-cola se convierten unos pocos kilómetros más adelante en tributarias del Amazonas.

Recorrió un trozo de la Rua Leonardo Malcher y desembocó luego en una calzada ancha. «Avenida Getúlio Vargas», rezaba una placa. Al cabo de un rato, la avenida ancha se había transformado en una calle flaca surcada por intrincado crucigrama de vías cortas. A Carmelo le encantaban los nombres de las calles: Floriano Peixoto... José Paranaguá... Quintino Bocaiuva... Miranda Leão...

Rodeado de un mar de gente apareció de pronto un edificio insólito de techumbre Art Nouveau desgastada por la hostilidad del trópico. Había llegado al Mercado Municipal. Eran las nueve y catorce. Ramsés debía de estar echándolo de menos.

Ramsés miró el reloj. Eran las nueve y dieciséis. La organización procuraba ofrecer a los visitantes una imagen moderna de puntualidad estricta a fin de contrarrestar ciertas leyendas sobre la escasa disciplina horaria de los brasileños. Pero, aún sin haber empezado el programa, esa mañana el reloj los aventajaba en un cuarto de hora. Minerva María acababa de informarle que en el bus se hallaban todos, menos Carmelo. Le pareció extraño, porque era uno de los más puntuales, y pidió a Minerva María que regresara a buscarlo en el comedor o que lo llamara a su habitación.

La asistente volvió pocos minutos después con el mensaje que el ausente había dejado en Recepción. *«Querido Ramsés: no iré al programa de la Carretera Transamazónica. He decidido darme el día libre. Tengo información suficiente en los folletos. Esta noche nos veremos. Buen viaje.»*

La contrariedad del subsecretario del Ministerio del Interior fue evidente, pero se limitó a indicar a Minerva María que el bus debía arrancar de inmediato. Subieron. La muchacha comentó a algunos de los periodistas que Carmelo no los acompañaría. «Vámonos —dijo Ramsés al conductor—. Ya hemos perdido demasiado tiempo».

Aguiar miró a Regina en silencio, y la chica hizo un gesto de sorpresa y alzó los hombros.

El olor a fritura, el bullicio y la agitación del Mercado Municipal prometían un delicioso bazar persa-amazónico. Sin embargo, de repente Carmelo resolvió no traspasar la entrada del lugar. No sabía bien por qué lo hacía. Tampoco sabía si estaba huyendo del programa oficial con sus altas dosis de visitas propagandísticas o de la monotonía del grupo de periodistas. O —esta idea palpitó

apenas como oscura corazonada— si acaso estaba huyendo de Regina. La descartó por absurda. Un veterano como
él, cincuentón e invicto en más de una batalla sentimental,
mal podía enamorarse de una muchacha sin atributos especiales a la que doblaba en edad. Consultó el mapa que
llevaba en el bolsillo y se encaminó hacia el puerto.

A esa hora el muelle estaba asediado por todo tipo de embarcaciones. El ambiente resultaba pesado; el
aire flotaba teñido de un denso olor a gasóleo; bajo los
toldos de las aceras, a lo largo de unos doscientos metros,
las mesas de venta de pescado desplegaban las capturas del
amanecer. Carmelo observaba los ejemplares de largos bigotes, ojos saltones, color oscuro y sabor terroso que ca-
racterizan la pesca fluvial. Cuando era niño y pasaba vacaciones a orillas del río Magdalena, sus padres lo llevaban
a comer viudo de pescado todos los quinces de agosto para
celebrar su cumpleaños. Al grupo se sumaban sus abue-
los maternos, la tía Clemencia, sus hermanos y sus pri-
mos. Camacho recordaba con horror la ocasión: en un
balcón acosado por las moscas, a treinta y ocho grados a
la sombra, los parroquianos del restaurante engullían unas
cazuelas de caldo hirviente donde, entre trozos de yuca,
papa y plátano, flotaba el ilustre cadáver del pescado.
Abajo discurrían lentamente las aguas del gran río que
fuera histórica espina dorsal del país antes de convertirse
con el tiempo en monumental cloaca. Los bigotes del capitán, que así se llamaba el pescado regional, no parecían
a tono con su mediano rango, sino que se desmayaban por
encima del plato y sobre el mantel de plástico, como si se
tratase de un mariscal de campo. Carmelo siempre lamentó su falta de carácter para exponer con franqueza la
repulsión que le producían la bandeja grasosa, el pescado, la mesa, las moscas y el restaurante. Una vez tras otra,
hasta que cumplió dieciocho años y la universidad le im-

pidió pasar nuevas vacaciones en familia, soportó con callada abnegación ese festejo que aborrecía. Durante un tiempo más, la cazuela de capitán siguió siendo rito importante en las vacaciones de su familia, hasta que por el río empezaron a bajar más que peces. Corría el rumor de que cada mañana aparecían flotando en las aguas sucias dos, tres, cinco cadáveres recogidos y aportados por otros ríos tributarios —el Ambeima, el Cucuana, el Ortega, el Saldaña— procedentes de las regiones donde imperaba la violencia política. Su abuelo decía que eran cadáveres de liberales asesinados por la Policía conservadora. Carmelo nunca llegó a ver ningún cuerpo. Pero su padre sí, justamente un domingo en que iban camino al restaurante popular. Era —según descubrió después— un cadáver hinchado y con cortes de machete que apareció enredado entre las cañas de un remanso. Carmelo se preguntaba cómo hacía su padre para saber que era un cadáver liberal, pero prefirió callar y no consultar su duda.

Ahora, por un momento, Camacho había sentido ganas de vomitar todos los viudos de pescado de su vida al presenciar en el puerto de Manaus las bestias acuáticas boquiabiertas sobre las mesas, y quiso regresar a su habitación. En ese instante aceptó que no había sido Manaus el móvil de su escapada. Lo que buscaba, infantilmente, era poner a prueba a Regina con un desacato de rebeldía. Sorprendido por haber descubierto lo que ya sospechaba, tomó un taxi y volvió al Hotel Amazonas.

La reunión de preguntas y respuestas, previa a la caminata por las obras de la Carretera Transamazónica, había obedecido hasta entonces al típico modelo Funcionario Técnico Informa Amablemente a Periodistas Interesados. Bajo un toldo climatizado, Drauzio Cardoso se explayó con lujo de cifras y detalles científicos acerca de la hazaña consistente en abrir 5.404 kilómetros de vía por entre la jungla: cinco mil kilómetros que iban a permitir explotar or-de-na-da-mente los recursos naturales de una región de casi cinco millones de kilómetros cuadrados, e iban a interconectar las vertientes fluviales de dos océanos y brindar posibilidades de empleo estable a los habitantes del norte y el nordeste brasileño. En este punto alguno había preguntado si más bien la carretera no era, como creían algunos, un ejercicio vano y costoso que uniría la pobreza del norte con la miseria del nordeste sin aportar nada a ninguna de las dos regiones. Cardoso había sonreído y había dicho que esperaba esa pregunta, pues formaba parte del folclor que se oponía al Gran Proyecto. Sin querer ofender con ello al querido amigo periodista, por supuesto. Y a renglón seguido había explicado de qué manera la carretera Santarém-Cuiabá, que se desplaza en sentido norte-sur, iba a abrir a la colonización una vasta zona que llevaba siglos esperando a que aprovecharan su riqueza. Señores, había agregado el ingeniero, en el Amazonas está el ochenta por ciento, repito, el o-chen-ta por ciento de las reservas madereras del Brasil, el ochenta por ciento de las reservas de agua dulce, el ciento por ciento de las de estaño, el noventa y tres por ciento de las de aluminio y seguramente algunas de las más va-lio-sas reservas petrolíferas del mundo. El único problema es que ahora es imposible llegar a ellas: la Carretera Transamazónica será el mapa de ese tesoro.

Después el japonés había preguntado si era verdad que la carretera se vería desde la luna, y cómo podían saberlo, y Cardoso había acudido de nuevo a la dosis de folclor, querido amigo, que, como a toda hazaña mítica, rodea a nuestra obra; hasta rematar con una frase amable en el sentido de que quizás los primeros que podrían decir si se veía o no desde la luna serían los japoneses, pueblo admirable cuya tecnología le permitirá seguramente colonizar la luna antes que nosotros.

Fue entonces cuando León Finkelstein levantó la mano. Cardoso le indicó con un movimiento y una sonrisa que tenía la palabra. El argentino se puso de pie —era el único que acostumbraba a ponerse de pie en estas situaciones, como en la escuela— y preguntó si la Carretera Transamazónica iba a significar el genocidio definitivo de los pueblos indígenas. Cardoso comenzó a responder, querido amigo, que esa era otra de las ideas nocivas, pero Finkelstein no lo dejó continuar. Le dijo que no iba a permitir que le escamoteara la respuesta con el truco del folclor, y leyó estadísticas que llevaba anotadas en su libreta, según las cuales al empezar la colonización portuguesa había ocho millones de indígenas, de los cuales sólo sobrevivían trescientos mil. Cardoso pretendió decir que evidentemente se cometieron errores en el pasado, errores de los cuales, pero Finkelstein le exigió de manera perentoria que le permitiera terminar la pregunta, y prosiguió: en los años que lleva la dictadura militar brasileña (Ramsés queda paralizado y boquiabierto: ¡dictadura!) se han producido reiteradas masacres indígenas en el Amazonas, y han entrado a saco en ella tenebrosos capitalistas extranjeros como el señor Daniel Keith Ludwig (Ramsés y Minerva María se miraron con sorpresa). Ellos son los verdaderos dueños del Amazonas, y la carretera sólo servirá para hacer más expedita la penetración de quienes van a despojar y aniquilar a los indígenas. Cardoso pareció pedir ayuda con la mirada, y Ramsés se sintió obligado a pasar al frente. Veo, dijo Ramsés, que el amigo Finkelstein no tiene en realidad una pregunta que pueda responder el ingeniero Drauzio Cardoso, sino un pequeño discurso político. Si no ha terminado de exponerlo, le ruego que lo haga, ojalá con la máxima brevedad que le sea posible. Y si ya terminó, invito a todos a que vayamos a mirar en el propio terreno las poderosas máquinas que están realizando una hazaña de ingeniería que no tiene comparación en el mundo y que nos enorgullece a todos los brasileños.

Antes de que Ramsés finalizara sus palabras, Finkelstein había vuelto a tomar asiento. Era evidente que daba por terminada su intervención. Los periodistas empezaron a recoger sus papeles y a dirigirse hacia la salida. Durante menos de tres minutos había flotado un témpano de hielo en la caldera del Amazonas.

Con ayuda de Dios

Entre los documentos que les había entregado la organización, uno llamaba de manera especial la atención a León Finkelstein; era un discurso del presidente Garrastazu Médici que representaba algo así como el prólogo de la Transamazónica. Había sido pronunciado el 6 de julio de 1970 en Recife bajo el impacto de la pobreza nordestina. En el silencioso camino de regreso hacia Manaus, después de la jornada de visita a las obras de la vía, el argentino, mientras mordisqueaba un lápiz, se daba a la tarea de repasar el discurso en busca de citas para sus crónicas. «Vine a ver, y vi. Vi el paisaje árido, las plantaciones perdidas, los villorrios muertos. Vi el polvo, el sol, el calor, la inclemencia de los hombres y del tiempo, la desolación. Vi al hombre. Hablé a ese flagelado. Vi sus harapos, estreché su mano, vi lo que comía, pregunté por los suyos, por su tierra, por su trabajo, por su patrón; vi a los hombres que comían sólo fríjoles y harina insípida. Vi el sufrimiento de los jóvenes con más de diez hijos. Vi a los niños privados de toda ayuda a lo largo del camino. Vi la mano verde oliva de los compañeros del Ejército, extendida a ese hombre como estructura actuante de asistencia social.»

Retórica, pensó Finkelstein, y alzó la vista. Estaba en una de las bancas traseras y tenía como paisaje interior perfiles y nucas. Había sido un día difícil y de contrastes: lo notaba por la actitud hosca de Ramsés y Minerva María y por la simpatía con que le habían hablado el enviado del *Washington Post* y la inglesa alta. Se percataba de que sus preguntas habían significado un momento embarazoso, pero al final habían promovido la actitud abiertamente crítica que caracterizó el resto de la visita a la Transamazónica. El argentino se solazaba pensando que, quizás sin el estallido de sus «incómodos» disparos, no se habrían presentado las inquisiciones de otros compañeros suyos que, con los pies hundidos en el barro amazónico, plantearon nuevas inquietudes sobre los indígenas, el medio ambiente, el costo de la obra, la atracción del gran capital hacia la devastación de la selva. El viaje de regreso resultaba llamativamente silencioso. Unos nubarrones oscuros empezaban a cubrir la selva y se respiraba el clima de inminencia que precede a la tormenta. En otras ocasiones, el alemán simpático intentaba organizar en el bus coros que cantaran «El cóndor pasa»; Ramsés desfilaba amable y simpático por las distintas filas; se oían las carcajadas del japonés, las risas de las guías y los comentarios deportivos de Sergio Pinheiro; alguna vez, incluso, con unas caipirinhas de más, Nicanor Jiménez había gritado trozos incoherentes del corrido de «El caballo blanco». Esta vez el viaje era sosegado y mudo, producto del cielo encapotado, de la fatiga y de los momentos tensos que se habían producido a raíz de las preguntas de Finkelstein. Era una hora propicia para conversaciones en voz baja, como la que sostenían el francés con su traductora. El regreso parecía más largo que el viaje de la mañana. Ayumi e Hirotaka guardaban silencio y se dejaban seducir por el espectáculo de la selva oscura. En la última fila, Regina miraba por la ventanilla mientras dormitaba a su lado Sergio Pinheiro. Paralelo a Finkelstein, pero en el extremo opuesto, Virgilio Vicente Aguiar, con su sombrero imperturbable y sus dedos amarillentos, cavilaba y fumaba un pequeño cigarro.

Ahora, solitario en su banca, Finkelstein repasaba el discurso que les habían entregado como documento fundacional del gran milagro redentor de la Amazonia. Leía bajo el pequeño chorro que proyectaba su luz individual desde el techo. Era la única que rompía la oscuridad del interior del pullman. Después de unos párrafos poético-demagógicos, el argentino empezó a encontrar la sustancia que buscaba: «... los que no piensan en solución alguna, los que sólo piensan en la protesta para fomentar la revolución social que nos dividirá a todos, que sacrificará generaciones, agravará la miseria y retrasará el hallazgo de nuestro camino». Enseguida el discurso anunciaba que no prometía *milagros* (Finkelstein subrayó con su bolígrafo azul la palabra «milagros»), convocaba las fuerzas de la nación y apelaba a la prensa nacional para que «se preocupase menos por el *impacto* y el *sensacionalismo*» (subrayados dobles). El discurso se acercaba al final. «Hago un llamado a la juventud para que no despilfarre su generosidad y su energía *buscando objetivos que no conducen a nada* (subrayados tímidos) y que se unan a los hombres que están de veras preparando el mañana del Brasil.» Finkelstein sonrió: creía adivinar cuáles eran esos hombres.

Algo más tarde se desató el diluvio, un verdadero apocalipsis de aguas, truenos y relámpagos. La cortina del aguacero era tan densa que impedía ver a tres metros de distancia. El techo del superbus era un tambor que parecía dispuesto a ceder bajo la furia del torrente. El conductor aminoró la marcha hasta detenerse. Debido a su ubicación en las bancas traseras, Finkelstein no podía ver rostros; pero, por las miradas inquietas de perfil, los comentarios ahogados por el estrépito y las sonrisas nerviosas, dedujo claramente que todos habrían querido hallarse ya bajo el tibio techo del hotel.

Aguiar se inclinó hacia el costado donde se hallaba el argentino y le hizo señas de que se aproximara a él.

—Me pregunto —comentó Aguiar— cuántos diluvios de estos aguantará la Transamazónica...

Finkelstein rió y le guiñó un ojo, con la convicción alentadora de que tenía al menos un cómplice en el grupo de funcionarios oficiales.

En su habitación, después de tomar una ducha y cambiarse de camisa, Carmelo tenía la sensación de que seguía impregnado del olor ácido de los pescados expuestos al sol en el muelle. Captó entonces el absurdo final de su recorrido amazónico, malogrado por el cadáver de un pez bigotudo, y no pudo aguantar una sonrisa. Otra vez se desdoblaba, volvía a verse desde fuera y entendía el tono de sainete de su situación. Su vida toda era así, una representación levemente teñida por el ridículo. La única defensa era dar el salto rápidamente del escenario a la platea, y convertirse en su propio espectador. Se le ocurrió que le gustaría contarle a Regina la historia de su aventura selvática y compartir las risas con ella.

Casi automáticamente empezó a preparar algo que quería dejar en el despacho de Recepción antes de toparse de nuevo con Ramsés y los demás. A falta de mejor envoltorio, metió la grabadora de Regina en un sobre gordo inventado con ayuda de sus tijeras de uñas a partir de dos esquelas del hotel. Había preparado cuidadosamente el paquete. La grabadora estaba detenida en el punto de la cinta donde empezaba a oírse «Desalento». Los versos resultaban un poquito pasados de emoción para lo que él habría querido («Sí, anda y di que lloré, que morí de arrepentimiento, que mi desaliento ya no tiene fin»). Pero ella sabría hacer los descuentos necesarios en la canción de

Chico Buarque. El mensaje de la carta era aún más oblicuo. Consistía tan sólo de una entrada amable (*«Querida Regina»*), una frase propia (*«Quiero copiarte algo que dice Millôr»*) y una cita textual de Millôr Fernandes: «*É fundamental saber que é preciso corrigir sempre. É fundamental saber que é perigoso corrigir demais. É indispensável saber que certas coisas não têm correção*». La volvió a leer antes de pedir al empleado cinta pegante para cerrar el paquete, y le volvió a gustar. No decía demasiado (era peligroso decir demasiado) pero parecía proponer una enmienda (es indispensable corregir siempre) y dejaba la interpretación final a cargo de Regina.

Puso en manos del empleado el pequeño bulto con la solicitud de que lo metiera en la casilla de la señorita Regina Campos Barbosa. Al entregar su llave, que guardaba en el bolsillo, el empleado le dio un sobre que dormía allí desde la víspera. Era de Regina.

Carmelo se alejó del pasillo de Recepción y se sentó en un rincón apartado del salón principal. Lo abrió con más nervios que curiosidad. Contenía una serie de papeles con datos sobre el guaraná que Regina había copiado con su propia letra. En la parte superior de la primera página se leía un sencillo mensaje. «Creo que te interesará. Cariñosamente, Regina». A Carmelo lo desconcertó un tanto su sobriedad. Una hoja empezaba con la leyenda del guaraná: «Más allá del río Ramos, en la orilla del Maués, vivía una india sateré muy servicial que conocía como nadie las plantas de la selva...». Etcétera. Otra página contenía los datos científicos: «GUARANÁ: *Paullinia cupana var, sorbilis*. Familia de las sapindáceas. Refrigerante, calmante y tónico cardiaco. Excelente medicamento geriátrico. Combate la arteriosclerosis». Etcétera. Aquello de «excelente medicamento geriátrico» estaba perversa y cariñosamente subrayado. Cifras de producción, descripción del fruto, etcétera, aparecían en la hoja siguiente. Era un documento sin claves, excepto aquella frase sobre la geriatría. Un pulcro y eficiente cumplimiento del deber (informaciones para un Periodista Internacional), que, sin embargo, implicaba mucho más: una iniciativa de parte de Regina, un cuidado especial, un detalle de atención que iba más allá del deber cumplido. Carmelo comprendió que debía entenderlo como un acercamiento. Su paquete de grabadora, cita y canción iba a interpretarse como una respuesta; perdía así el carácter de gesto espontáneo, pero al mismo tiempo pensó Camacho que resultaba una oportuna —y coincidencial— respuesta al sobre de Regina. De cierto modo, agradecía que las circunstancias le hubieran quitado la comprometedora carga de iniciativa al paquete. No quería que Regina pudiera pensar que estaba enamorado de ella, faltaría más. Se trataba apenas de un hermano mayor.

Entró al bar vietnamita-amazónico y ordenó guaraná con vodka.

Cuando llegaron los del paseo a la Transamazónica, un rato después, el primero que se apresuró a contarle la novedad fue el ex corresponsal gringo. No te imaginas —comentó fascinado— lo que es el Nuevo Finkelstein. Y relató el incidente con el ingeniero Cardoso y la intervención de Ramsés. Carmelo dedujo de inmediato que el argentino no se había acostado con Minerva María.

.Finkelstein entraba en ese momento con Míster México. Bueno, ¿qué pasó con vos?, preguntó a Carmelo. Me fui por ahí —contestó el colombiano—. El Mercado Municipal y el muelle de pesca son mucho más interesantes que una carretera. No se los pierdan. Nicanor Jiménez se mostró interesado: ¿Dónde consigo material sobre el Mercado ese?, preguntó. En toda parte, contestó

Camacho. Ramsés acababa de hacer su entrada al bar y se acercó al colombiano. Pero se limitó a mirarlo y mover la cabeza con gesto reprobatorio. Sin saber bien por qué —quizás en otro amago de rebeldía o para festejar la faena de Finkelstein y el triunfo de su profecía sobre Minerva María—, Camacho ordenó champaña y brindó por el Amazonas. Varios le hicieron coro desde otras mesas.

—Es una vergüenza —le dijo por lo bajo Finkelstein—. Vos tenías razón. Minerva María era una trampa. Tendré que desquitarme en Rio con Dafne.

Carmelo asintió como si no fuera preciso hablar nada más. En realidad, estaba pensando en la reacción que en este momento experimentaría Regina al recibir el sobre.

Una rato más tarde se acercó a la mesa un camarero y preguntó por el señor Carmelo Camacho. En el teléfono de la barra había una llamada para él. Mientras lo conducía hasta el aparato, el camarero le inquirió si encontraba gostoso el guaraná con vodka. La cara del camarero no era propiamente de espanto, pero sí de intriga profunda. Carmelo asintió con timidez mientras levantaba el auricular. Parecía como si en vez de guaraná con vodka lo hubiera ordenado con sangre de murciélago o sesos de iguanodonte.

Era Regina. El colombiano se apresuró a agradecerle los papeles sobre el guaraná, especialmente el alentador dato sobre sus propiedades geriátricas. La muchacha rió. Pasaron unos segundos algo embarazosos y por fin ella se refirió a la frase de Millôr y comentó que era un genio.

—Veo que recibiste mi pacote tímido —mencionó Carmelo aludiendo a un verso de «Construção», otra canción de Chico Buarque que había oído en el casete.

—Recibí —dijo ella sin más comentarios.

Otro silencio. Y volvió a hablar Regina.

—Mira —le dijo—, pensamos salir esta noche con un grupo a comer y pasear la noche por ahí...

Había dejado la frase en suspenso.

—¿Quiénes son? —preguntó Carmelo.

—Bueno, pues algún alemán, el francés, el del *Washington Post,* la inglesa, algunas chicas, Sergio y otros más. ¿Quieres venir?

Carmelo notó que había dejado a Sergio al final de la lista e imaginó que seguían enredados.

—No, gracias, no puedo —mintió Carmelo—. Estaba haciendo planes de salir con Nicanor Jiménez y los japoneses.

Tras un nuevo silencio, Regina dijo «ah» con cierto desencanto. Y agregó:

—Lo siento. Pensé que era una buena ocasión para volver a estar juntos un rato.

—Mira —le dijo Carmelo con una súbita fuerza que le hizo vencer la alambrada de púas que había crecido respecto a Regina—: Me encantaría estar juntos un rato; es algo que espero desde hace días. Pero no con una comparsa de cuarenta acompañantes.

El ímpetu no fue tanto como para que se atreviera a mencionar a Sergio. Pero era innecesario hacerlo.

—Yo también quisiera conversar contigo a solas; es decir —corrigió a tiempo—, sin comparsa, como tú dices. Pero este asunto se armó durante el viaje a la Transamazónica y no podía suponer. En fin.

—No te preocupes, te entiendo —le dijo Carmelo más tranquilo—. Aún nos quedan varios días por delante.

—Me encantó el mensaje que me mandaste con Chico —Regina se sentía ahora más liberada para hablar—. ¿Sabes de quién es la letra? De Vinicius de Moraes.

—Poeta e diplomata —dijo Carmelo.

—Sí, señor —repuso, ya alegre, la muchacha.

Cuando terminaron la conversación, Carmelo quedó con la sensación de que las cosas con Regina se habían recompuesto. Pero por primera vez sintió una rara angustia: la angustia de que el viaje ya no tenía días más sino días menos.

Volvió al bar vietnamita y encontró solo a Nicanor Jiménez. Los demás se habían marchado a cenar en grupos. Entendió que la noche no pintaba para grandes cosas. Levantó la mano para ordenar un guaraná con vodka en reemplazo del que había perdido durante su ausencia de la sala, pero no fue necesario que lo hiciera. El camarero ya le traía uno.

—Dígame la verdad —le preguntó Camacho en portuñol—: ¿Por qué le parece tan raro que pida guaraná con vodka?

—No sé —contestó el camarero—. Hace unos años estaba de moda el whisky con guaraná. Hay gente que ordena guaraná con cachaça; no mucha, pero la hay. Y una vez conocí unos turistas que mezclaban guaraná con ron. Parecía jarabe para la tos. Pero es la primera vez que alguien lo pide con vodka.

—Ya sabe —intervino Jiménez—. Inclúyanlo en la carta y póngale Coctel del Señor Camacho.

—«Coctel del Señor Camacho» —repitió el camarero—. Muy bien.

Jiménez explicó luego a Camacho lo que éste ya sabía: que algunos cocteles famosos, como el *alexander* o el *bloody mary,* responden al nombre de su inventor. El *bloody mary,* por ejemplo —abundó Jiménez—, lo inventó una reina de Inglaterra llamada María el día que la iban a degollar. Por eso lo de *bloody.* Es histórico.

Camacho fingió sorprenderse y comentó que era un dato muy interesante. Había descubierto que Jiménez le despertaba una curiosa ternura.

—Bueno —observó Camacho—. Creo que nos abandonaron todos. Vamos.

—¿Vamos a cenar los dos?—preguntó Jiménez sorprendido.

—En realidad —dijo Camacho— me está saliendo un cansancio horrible. Creo que voy a darme un buen baño, pedir un sándwich a la habitación y dormirme temprano. Nos espera mañana una jornada larga, con avión y todo eso.

Apuró el último trago, firmó la cuenta e hizo señas a Jiménez en el sentido de que era hora de retirarse. Pero Míster México prefirió permanecer solitario en el bar.

—Tengo muchas cosas que me dan vueltas en la cabeza, señor Camacho —le dijo.

Carmelo se despidió con un tanto de desconcierto, y Jiménez quedó ensimismado en el bar, único superviviente del grupo de Expo Brasil en el rincón de Indochina en el Amazonas.

Al pedir su llave, Camacho recibió también un sobre inesperado. Alentado por el ajetreo de los amores por papelitos que se había apoderado del viaje, imaginó que la noche no iba a ser tan desoladora, y que tal vez las posibilidades de la ducha acompañado no resultaban remotas. Lleno de curiosidad y con un ramalazo de ilusión se apartó para abrir el sobre.

El ángel del Señor

El mensaje era de Aguiar.

Impávido coloso colombiano —decía—. *Tengo algo interesante que contarle. Me gustaría que me llame a la habitación 322 antes de las diez y media de la noche de hoy, o mañana después de las 7 a.m.*

Camacho consultó el reloj. Faltaba un cuarto para las once, pero pidió que lo comunicaran con la 322.

Aguiar reconoció la voz de inmediato y le pidió que subiera.

—Me encontrará usted en pijama, pero no creo que se escandalice.

Al llegar a la habitación, Carmelo no se escandalizó pero tuvo que contenerse para no reír. Con su imprescindible puro cola-de-rata en los labios, las gafas negras en la nariz y una boina en la cabeza, Aguiar vestía un pijama neobarroco de múltiples colores cuyos pantalones, bastante grandes para la talla flaca y pequeña del propietario, amenazaban constantemente con precipitarse a tierra. Cada vez que estaba a punto de ocurrir el percance, la mano de Aguiar reaccionaba por instinto y los atrapaba. Fue una especie de ballet acrobático de suspenso que se desarrolló durante varios minutos, mientras Aguiar, sin consultar a su invitado, sacó un botellín de whisky de su minibar, caminó hasta el baño a lavar un vaso que se hallaba sobre su mesa de noche (¿el de la caja de dientes?, pensó con pánico el colombiano), volvió, lo secó con una toalla húmeda que estaba tirada encima de la silla (¿la de los pies?, volvió a pensar aterrado), lo entregó a Carmelo, acudió de nuevo al baño a aflojar con agua caliente la cubeta de hielo, regresó para arrojar dos bloques de hielo en el vaso que sostenía Camacho, guardó la cubeta en la neverita, otra vez se encaminó al baño a apagar la luz, al regresar sopló unas cenizas de la mesa para que el invitado pusiera allí su vaso de whisky y finalmente tomó asiento en la silla de la toalla, miró fijamente a Carmelo, agarró su propio vaso, ya medio vacío, y dijo:

—¿Se considera usted un pecador, impávido coloso?

—Desde luego contra el sexto no —contestó Carmelo, admirado de que el pantalón del pijama no hubiera llegado al suelo—. Al menos en este viaje...

—Me refiero a pecados más feos y que necesitan menos esfuerzo que el de la fornicación, estimado militarista colombiano. Por ejemplo, ¿no ha mirado, lleno de envidia, el milagro económico de sus vecinos brasileños? ¿No ha querido emular, lleno de soberbia, a este gran país?

—Bueno, sí. ¿Cómo lo supo?

—Lo veo en su mirada concupiscente. ¿Sabe usted que la envidia, la soberbia y la concupiscencia son pecados capitales?

—Hombre, algo se comenta.

Aguiar tomó un sorbo de su vaso.

—¿Está usted en paz con Dios, impávido coloso?

Carmelo bebió del suyo con resignación. El whisky nunca había sido su bebida favorita. Y menos en esas condiciones.

—Fui monaguillo cuando niño, pero no sé si eso se me abone. Era en latín. Bien visto, creo que estoy en déficit.

—Lo temía —Aguiar meneó la cabeza—. Considero que usted necesita una jornada de perdón. Algún vicario de Cristo debe impartirle su bendición, pues uno nunca sabe lo que pueda pasar media hora después. El mundo está salpicado de peligros (Aguiar había levantado el índice hacia el cielorraso). Sobre todo en esta tierra, amigo mío.

Transcurrieron unos segundos, durante los cuales Carmelo se refugió en su whisky.

—Si usted desea ponerse en paz con el Señor, yo podría ayudarle —continuó Aguiar.

Carmelo no entendía hacia dónde iba el peculiar funcionario, y le seguía la corriente con curiosidad cada vez mayor.

—¿Y cómo tendría que hacer un pobre pecador para obtener esa bendición?

—Más importante que el *cómo* es el *quién*. Abrigo el temor de que sus pecados no alcanzarán a ser perdonados por una jurisdicción menor, diga usted un capellán o un cura párroco.

—Eso temo yo también.

—Quizás necesitan el poder absolutorio de una bendición episcopal.

—Por lo menos.

Aguiar volvió a ponerse de pie y abrió una nueva botellita de whisky, que repartió equitativamente en los dos vasos.

—Impávido coloso del pecado: estoy en condiciones de ofrecer a usted, si le interesa, una entrevista con Dom Hélder Câmara, obispo de Olinda y Recife, hombre de indiscutible bondad cuyo sentido evangélico podría ayudarle a reencaminar su desordenada vida.

Carmelo se sorprendió. Por algunas artes que quizás no era prudente averiguar, Aguiar tenía contactos con el *Obispo Rojo,* uno de los padres de la Teología de la Liberación, frágil e inerme contrapeso de la propaganda oficial. Otro trago le permitió disimular el entusiasmo que le producía semejante oferta, a fin de proseguir el diálogo en términos aguiaranos.

—¿Y qué debe hacer un pecador arrepentido para oír la voz de tan dulce pastor?

—Pasado mañana es domingo, día del Señor, y éste ha querido que coincida con nuestro paso por Recife. Si el pecador desea recibir la gracia santificante transmitida a través del obispo local, yo podría encargarme de que el noble vicario lo escuche en confesión en horas de la tarde.

—Mande el noble vicario en mi corazón y en mi agenda.

—Muy bien. Condiciones: primera, sólo podrán ir dos pecadores: «Muchos serán los llamados y pocos los escogidos». Esos dos serán usted y el señor Finkelstein, pues, aunque su nombre y apellido resuenan con fuerte eco judío, es bien conocido el sentido ecuménico de la Iglesia de Juan XXIII, a quien interpreta, entre otros, el buen Dom Hélder. Segunda, Dios ha querido que esta misión se cumpla con absoluto silencio y discreción. Tercera, un ángel del Señor hará contacto con los dos pecadores en Recife y les dirá qué pasos deben seguir para la cita pastoral.

—Hágase en mí lo que el Ángel proponga —dijo Carmelo—. Y el otro pecador, ¿ya lo sabe?

—Lo sabrá —contestó Aguiar—. En su casilla reposa un mensaje igual al que lo ha traído a usted aquí. Pero, como él sí intenta pecar contra el sexto, y con muy bella pero muy mala compañera, sospecho que sólo mañana recibiré su llamada.

Carmelo entendió que Aguiar aludía a Minerva María y consideró prudente tranquilizarlo.

—Puedo informar a Su Eminencia que el otro pecador ha entendido por fin que se trataba de una trampa que le tendía el Demonio, y se ha arrepentido de andar en aquellas dudosas compañías.

Aguiar hizo un gesto de aprobación, se levantó de nuevo, recogió los vasos y los dejó en el lavamanos. Era evidente que daba por terminada la reunión.

Carmelo se llevó una sorpresa de dimensiones amazónicas cuando, al entrar al avión para el enésimo viaje de la gira, vio que Regina le hacía señas y lo invitaba a tomar asiento a su lado. Estaba un poco encorvada bajo el maletero, y a Carmelo no sólo le llamó la atención que la muchacha se decidiera por un gesto tan claro de acercamiento sino que lo hiciera de manera pública. Era como si estuviera arrepentida de haberlo invitado la víspera en calidad de oveja negra de un grupo en el que ella sabía que él iba a sentirse mal, pensó Carmelo. O, más seguramente, como si hubiera reñido con Sergio y quisiera provocar sus celos.

El colombiano agitó la mano con la revista que acababa de comprar en el aeropuerto y se dirigió hacia allí.

—¿Has visto lo que sale en la última portada de *Time*? —preguntó a Regina con euforia algo excesiva, que procuraba camuflar la que le producía viajar al lado suyo y por su iniciativa.

—A ver —pidió Regina.

El artículo central estaba dedicado a Woody Allen, cuya fotografía observaba al lector desde la portada con ojos de *blood hound*.

—Lo adoro —dijo Regina—. ¿Sabes que escribió el guión de *Bananas* en quince días?

—No veo el momento de mostrarle la revista al alemán antipático —se solazó Carmelo—. Según él, era imposible que apareciera un humorista en la portada de una revista importante.

—No sabía que hubiera dicho semejante tontería.

—Pues la dijo. Ahora quiero ver qué opina cuando vea a Woody Allen en la portada de *Time*.

—Qué idiota. No lo digo por ese comentario, sino porque es realmente un imbécil. Así y todo —agregó en tono de confidencia— me han contado que se acuesta con la chica que traduce al alemán.

—Me dejas helado.

Regina sonrió.

—Lo sé. No te creerías los romances que se han formado en este paseo.

Carmelo sintió una mezcla de pasmo y envidia, pero se controló bien.

—En fin: por eso aseguran que el amor es ciego.

—Dímelo a mí —suspiró Regina.

La chica le abría una puerta hacia su intimidad.

—¿Te ha ocurrido algo? —preguntó el colombiano.

Regina recogió velas rápidamente. Negó con la cabeza y Carmelo la vio sonreír a alguien que se hallaba detrás de él. Al volver a mirar descubrió a Nicanor Jiménez, su sombra, su escudero, su prolongación, su rabo, su excrecencia, que ocupaba la silla vacía, contigua al pasillo. El mexicano estaba instalado con toda comodidad y llevaba en el regazo un paquete de folletos, revistas y libros. Había bajado la mesita del espaldar y se disponía a tomar notas a lápiz en una libreta.

A pesar de que la expresión de desagrado de Camacho era inocultable, Jiménez ensayó una sonrisa.

—Sólo lo molestaré si tengo problemas con la traducción de estos materiales al español, señor Camacho.

Eran folletos en portugués relacionados con el Teatro Amazonas, el Mercado Municipal, el sistema fluvial de los ríos Negro y Solimões y otros atractivos de la ciudad. Los había comprado o recogido durante el paseo turístico de la mañana, cuando los Periodistas Internacionales habían sido deslumbrados, según los planes, por un palacio de la ópera «hundido en medio de la tupida selva» (el guía dixit) «donde se cuenta que el gran Enrico Caruso realizó una de sus más portentosas interpretaciones de *Aída*». Lo cual era mentira, aseguró el francés al grupo: Caruso nunca había cantado en Manaus.

—Está bien, Nicanor —dijo Carmelo con mal disimulado fastidio, y giró la espalda para conversar con Regina.

Sólo pudo hacerlo unos pocos segundos, porque enseguida oyó la primera pregunta de Jiménez.

—Perdone, señor Camacho, ¿exactamente qué es un edificio neoclásico?

Carmelo prefirió ser educado. Cerró los ojos y habló despacio.

—Amigo Jiménez —dijo pronunciando cada sílaba de cada palabra—. Estoy intentando conversar con mi vecina. Ya son muchos los días en que usted me persigue con su impertinencia. Voy a rogarle que me deje tranquilo por un rato, un rato no más. Lea, duerma, coma, escriba, haga lo que le dé la gana, pero, por lo que más quiera, déjeme en paz aunque sea un rato, ¿sí?

El mexicano se puso pálido, y aguantó el regaño sin rechistar. Cuando estuvo claro que Carmelo había terminado, Jiménez, sin levantar la vista de los folletos, farfulló:

—Tiene toda la razón, señor Camacho. Perdóneme. No crea que no me doy cuenta de que me he convertido en un problema. Lo siento mucho.

A continuación, zafó el broche del cinturón de seguridad, recogió los folletos y se dispuso a marcharse a otro puesto. Pero Carmelo lo detuvo. Con frecuencia le ocurría lo mismo: hería a alguien que estimaba y de inmediato reaccionaba avergonzado por su propia desconsideración.

—No, no, Jiménez, no se trata de esto, quédese tranquilo. No quiero que se vaya. Sólo le pido que me deje conversar un rato con mi vecina, y más tarde podremos hablar usted y yo.

Jiménez permaneció en vilo unos segundos y volvió a acomodarse en la silla.

—Gracias, señor Camacho. Es que yo a veces soy como la Ley del Capitán Murphy.

Impaciente por cerrar el diálogo, Carmelo le dio una palmadita en el brazo y volvió a conversar con Regina, que hojeaba la revista.

—A pesar de todo —dijo Carmelo a la chica— me gustó más *Take the Money and Run* que *Bananas*. Tiene frases inolvidables, como esa de que «el sexo sólo es sucio si se hace adecuadamente». ¿No estás de acuerdo?

Regina lo pensó unos segundos y repuso con seriedad:

—Yo creo que el sexo siempre es limpio.

—¿No puedes dejar de pensar en eso? —bromeó Carmelo—. Yo te preguntaba si estabas de acuerdo en que era mejor *Take the Money and Run*.

Entonces Regina se soltó a reír y Carmelo se sintió feliz.

El amor no sólo es ciego sino idiota, dedujo Carmelo por la conversación con Regina. No había reñido con Sergio Pinheiro. Por el contrario, le confesó: cada día que pasaba Sergio se volvía más indispensable para ella. «La burbuja me está envolviendo más y más», le dijo. Pero confesó que echaba de menos a Carmelo, que lo notaba lejano, y que quería que volvieran a conversar como al principio del viaje. Le encantaba la manera como Carmelo miraba las cosas. Interponía siempre un lente de humor que rompía la solemnidad oficial y, al mismo tiempo, se apartaba del habitual desdén con que muchos periodistas extranjeros observan «nuestras cosas». Carmelo no sabía qué responder. Arguyó que semejante escepticismo risueño quizá era debido a la edad. O a haber leído mucho. O quizás a haber asistido a muchos de estos viajes. Tal vez había podido comprobar la relatividad de todo. Supongo que mirar el mundo con cuidado te lleva al cinismo, concluyó Carmelo. Cinismo no, dijo Regina: spleen. *Spleen.* Hacía rato Carmelo no escuchaba este término: desde cuando era fervoroso lector de algunos poetas finiseculares. Sonrió levemente y resolvió asentir, aunque sabía que lo suyo no era spleen, actitud que le parecía algo cursi y pasada de moda.

De repente, la muchacha lanzó una pregunta inesperada que cogió a Carmelo fuera de base.

—¿Eres casado?

—Sí —mintió Carmelo, que llevaba más de quince años separado de una periodista de radio que había sido su mujer.

—¿Y eres feliz?

El tema incomodaba al colombiano. Lo obligaba a una exposición aburridísima y de bolsillo.

—Te lo diré si me dejas preguntarte algo después.

Regina sonrió. «Está bien», dijo.

Carmelo no tuvo más remedio que largar la previsible tirada acerca de qué es la felicidad, la imposibilidad de conseguirla, la insatisfacción como único estado aceptable en el hombre, la importancia de descubrir cada día el mundo como antídoto contra la desdicha, etcétera. Total: se declaró infeliz. Pero pensó para sus adentros lo que diría Regina si supiera que era bastante dichoso y que había encontrado la felicidad en la rutina, en la reiteración de lo cotidiano: justamente en no descubrir cada día el mundo, sino en pisar siempre las mismas huellas seguras y agradables...

—Yo tengo que confesar —dijo Regina— que me siento feliz, aunque sé que no debería ser así, que no hay derecho a ser feliz en el mundo y el país que me ha tocado vivir. Tal vez éste sea mi único factor de infelicidad. Quiero decir, cuestionar el derecho a la felicidad.

Carmelo no se sintió autorizado para dar un giro de ciento ochenta grados y defender el derecho a la felicidad, así que prefirió un comentario vago:

—Cada quien tiene su mundo y cada mundo es distinto.

—Bueno, ahora sí dime qué pregunta querías hacerme.

Camacho vaciló y quiso que su vacilación se notara. «No sé si vale la pena», dijo. Regina lo animó a preguntar. «Trato es trato», argumentó.

—Está bien —aceptó Carmelo, y dejó pasar unos segundos antes de aterrizar en una pregunta que, más que una pregunta, era un pasaporte hacia otra tierra—. ¿De veras crees que el sexo es siempre limpio?

La pregunta tomó fuera de base a Regina, que dejó caer una sonrisa nerviosa.

—Te interesó el asunto, ¿verdad? —contestó sin mirar al colombiano.

—Digamos que me llamó la atención la facilidad con que te confundiste de pregunta.

—Está bien: *take my answer and run* —le dijo ella—: Sí, creo que el sexo es un lenguaje incluyente.

Carmelo dejó pasar un par de segundos.

—¿Es decir? —preguntó entonces.

Regina alzó los hombros.

—Es decir, que es un modo de expresarse, un léxico de emociones que debe aceptarse con todos sus recursos, que debe incluir posibilidades, no excluirlas. ¿O es que cuando tú escribes piensas que hay unas palabras que jamás pondrías en un escrito por ser sucias y prohibidas, y otras que son blancas y permitidas?

—No. Pero has saltado de la cama a la máquina de escribir, no es justo.

—¿Cómo quieres que te lo diga? En fin, que creo que en materia sexual cualquier cosa que te guste vale. No te hablo de violaciones y cosas con niños, claro está, sino de adultos que comparten una pasión. ¿No lo piensas así? Te devuelvo la pregunta: ¿crees que hay sexo sucio y sexo limpio?

Desde su asiento, la ventanilla ofrecía a Carmelo una visión limitada y no alcanzaba a atisbar la selva; pero supuso que allá abajo yacía ese enorme parche verde que acompaña buena parte de los vuelos americanos. El cielo presentaba un atardecer tranquilo, desgarrado de azules y rojos.

—¿Puedo contestarte con una confesión? —preguntó Carmelo a su vecina en tono que prometía intimidades.

Regina emitió un «por supuesto» apenas audible. Carmelo tomó impulso. Quería tender un preámbulo de suspenso.

—¿Sabes? Yo debo tener la convicción inconsciente de que sí hay sexo sucio, porque, no te vas a burlar, una de mis fijaciones sexuales es meterme a la ducha con las mujeres que me gustan.

—¿Quieres decir que tu sueño sexual es bañarte con, no sé, Brigitte Bardot o Jane Fonda?

—Y Sofía Loren, y Jacqueline Kennedy, y Natalia Bosque, más conocida como Natalie Wood, y las hermanitas Dionne, y la esposa del editor de economía de mi periódico, y mi prima Luisa cuando tenía dieciocho años y muchas más. No sé si todas al tiempo, pero podría ser.

—Vaya: vas a necesitar mucho jabón y mucha agua caliente...

—Aplícalo a tu pregunta: si relaciono sexo con baño, debe ser porque en el fondo lo considero un poco sucio.

—O todo lo contrario —apuntó Regina—. Puede ser que el sexo signifique para ti un baño que te purifica, no tengo ni idea.

Carmelo quedó felizmente perplejo.

—No es mala interpretación, de veras. El sexo como purificador, el baño como ceremonia. Me gusta. Me gusta.

—Pero no te ilusiones mucho, no es una opinión autorizada —sonrió Regina—. Mejor consultas con un psiquiatra —y, en un cambio brusco de tema, agregó mirando hacia la parte trasera del avión—: ¿A qué horas traerán algo de comer? Me estoy muriendo de hambre y de sueño.

Por la ventanilla ya sólo se veía la noche cerrada y el reflejo intermitente de las luces del avión cada vez que barrían la oscuridad. También había oscurecido en la cabina. Carmelo tenía la tesis de que las azafatas apagan las luces para notificar a los pasajeros que es hora de hacer silencio y dejar de pedir cosas. Mientras Regina dormía, Camacho oyó toser a Nicanor Jiménez. Su luz de techo estaba apagada.

—¿Nicanor? —ensayó Carmelo.

—Aquí estoy —contestó el mexicano.

—Quería saber si mis dos vecinos dormían como focas, pero veo que usted al menos conserva su dignidad. No hay nada más patético que una persona dormida.

—Yo duermo poco —dijo Jiménez—. Sólo cuando me emborracho.

—Quería decirle de nuevo que fui un poco grosero, Nicanor. Lo siento. No suelo comportarme así, debe ser el cansancio.

—No se preocupe, señor Camacho. Por el contrario, el apenado soy yo. Cuando por fin Regina lo llama para compartir un viaje, se le sienta al lado este buey. A veces me demoro en entender mis metidas de pata.

—Caramba, veo que se fija usted mucho más de lo que pensé.

—Es que les tengo mucha ley a los dos, señor Camacho. Regina ha sido muy amable conmigo: ¿recuerda que le traduje una canción por petición de ella? Me da coraje que no estén juntos todo el tiempo.

—Así es la vida, como dicen —Carmelo intentaba poner fin al tema. No le gustaba la vigilancia de Jiménez, ni aunque fuera a favor.

—En la vida todo se daña, como dice la Ley del Capitán Murphy. Todo se va a la chingada.

—Espere, Nicanor —dijo con curiosidad Carmelo—. Hace un rato también nombró a ese capitán y a esa ley. ¿De qué está hablando?

—Mi capitán Murphy dijo una vez que «si algo puede fallar, fallará», y estaba en lo cierto. Sus amigos nos hemos encargado de repetirlo en muchos sitios.

—«Si algo puede fallar, fallará» —repitió Carmelo—. Está muy bien, muy bien.

—Es una ley que se demuestra todos los días —agregó Jiménez—. Usted cree que ha llegado al viaje perfecto con la mujer que le gusta, y resulta que el pendejo de su vecino pretende que le traduzca unos folletos del portugués.

A pesar de que Jiménez insistía torpemente en su asunto con Regina, Carmelo sonrió.

—¿Y quién era el tal Capitán Murphy?

—Era mi superior en la Base Aérea Edwards, en California, cuando yo prestaba servicio en 1949. Fui conscripto en Estados Unidos, ¿sabe?, y el capitán Murphy era mi superior. Yo era uno de los choferes de la base. Una vez llevábamos varios días probando un motor que no funcionaba, y después de haber invertido miles de dólares en cambiarle las piezas más delicadas, uno de los ayudantes descubrió que la culpa de todo era de un tornillo chiquitito que había sido colocado al revés. Increíble, ¿no? Un pinche tornillo que debía de valer medio penny. Arreglado el tornillo, se arregló todo.

—¿Fue entonces cuando el capitán Murhpy dijo lo que dijo?

—Exacto: que si alguna cosa puede fallar, fallará. Así fue.

—¿Y la llamó Ley del Capitán Murphy?

—No, no: quien le puso nombre fue el coronel Stapp, su ayudante. Después la frase salió al público en una revista de aviación. Eso sí, no me pregunte de qué manera lo averiguó el periodista. El propio coronel se preguntaba cómo diablos se habría filtrado el dato. Es que ustedes los periodistas son muy aguzados, hombre.

Carmelo quedó más sorprendido con la última frase de Nicanor Jiménez que el propio coronel Stapp con el problema del tornillo.

—Jiménez, ¿puedo preguntarle algo? —dijo tras una pausa.

—Lo que quiera, señor Camacho.

—¿Por qué se refiere a los periodistas de *ustedes,* como si usted fuera ajeno a este circo?

Jiménez guardó silencio unos instantes.

—Mire lo que me pasa por bocón —dijo con una sonrisa—: Si algo puede fallar, fallará.

Camacho esperaba algo más concluyente, y resolvió continuar.

—Le confieso, Nicanor, que hay cosas que no acabo de entender. Usted anda preguntando a sus compañeros cuál es la parte importante en un documento o una conferencia; anota datos sacados de folletos, como esos que tiene ahí; y alguna vez me pareció entenderle que su fuerte no era escribir. De hecho, no lo tome a mal, tengo que decirle que la ortografía y la gramática de su traducción de «Apesar de você» no eran, digamos, muy católicas.

Pasaron otros segundos.

—Ay, señor Camacho —dijo por fin Nicanor—. Es una historia larga.

—Pues hágala corta porque pronto aterrizaremos y no quiero bajarme de este avión sin saberla.

—¿Tengo su reserva?

—La tiene.

—¿Palabra?

—Palabra.

—En realidad yo no soy periodista, señor Camacho. En este viaje lo que hago es recoger todo el material que pueda y luego habrá un redactor que lo escriba. Soy subjefe de transportes del periódico. Ésa es la puritita verdad.

—¿Y quién lo escogió para venir a Brasil, Jiménez?

—Don Reinaldo Guerrero, el jefe de redacción. Yo soy el encargado del transporte de él y de su familia, y me ha cogido mucha ley. Le aclaro: no soy yo quien maneja los vehículos al servicio del periódico, pero sí soy el encargado de que estén siempre listos, y también de escoger al personal de choferes. Porque, modestia aparte, señor Camacho, tengo una larga trayectoria como transportista. Cuando salí de Edwards regresé a México y durante varios años recorrí el país manejando camiones. ¿Ha oído el corrido de «El caballo blanco», de José Alfredo Jiménez?

—... ¿«Que en un día domingo feliz arrancara...»?

—¡Lo sabe, qué bueno! Pues a mí mis amigos me llamaban el *Caballo blanco,* porque decían que había andado más que el animal del corrido.

—Y entonces don Reinaldo lo mandó a Brasil porque le tenía mucha ley, ya veo.

—Bueno, no sólo por eso. Yo le había comentado a él que mi sueño era hacer un viaje al Perú, porque mi abuelo era peruano. Llegó a México a trabajar en las minas de Taxco. Yo conozco todo México y casi todos los Estados Unidos, porque hasta en Alaska estuve, pero nunca había cogido camino al sur.

—Así que don Reinaldo, que le tiene mucha ley y sabía que usted quería hacer un viaje al sur porque tenía un abuelo peruano, lo inscribió como periodista y lo mandó a la Expo Brasil.

—Bueno, no sólo por eso.

—¿Entonces?

Pasaron varios segundos más.

—Señor Camacho —repuso Jiménez en tono casi dulce—: Es que me estoy muriendo. Me estoy muriendo de cáncer y don Reinaldo no quería que dejara este pinche mundo sin conocer el Perú, que era mi sueño.

Carmelo quedó mudo. Sólo escupió unas palabras esperables, «cuanto lo siento», «perdóneme, pero no sé qué decirle», cosas así.

—No se preocupe —lo tranquilizó Jiménez—. Ya lo tengo bien digerido. Hace doce años soy viudo, señor Camacho, ya sé lo que es vivir la muerte. Lo voy a sentir por mis nietos.

—¿No habrá algún error médico, Nicanor? Yo lo veo muy bien.

—Qué más quisiera yo, señor Camacho. Para eso sí me sirvió haber estado en la Base Edwards, fíjese: en Estados Unidos confirmaron el diagnóstico del médico del periódico. Me tomaron radiografías, me practicaron exámenes, hasta me pincharon un pulmón, y no me costó un solo peso.

Ante el silencio espantado de Carmelo, Jiménez sonrió y le dijo:

—Pero alégrese, señor Camacho, todavía me queda suficiente tiempo como para tomarme varias caipirinhas. El médico dice que por lo menos cinco o seis meses.

Carmelo volvió a recaer en lugares comunes sobre el maravilloso espíritu que exhibía Jiménez, la curación por la energía y la esperanza, que es lo último que se pierde.

Las luces de la cabina habían sido encendidas y Regina empezaba a abrir los ojos.

—Sólo una pregunta más, Nicanor, y si quiere no me la contesta.

—Diga no más, señor Camacho.

—¿Por qué lo mandan a Brasil y no al Perú?

—El jefe de redacción se había confundido. Pensó que la invitación era al Perú, y en realidad era al Brasil. Cuando se dio cuenta del error, yo decidí que de todos modos aceptaba el viaje: cancelarlo habría sido una desilusión para mis nietos, que ya me habían entregado una lista con los regalos que quieren que les lleve.

—O sea que el Perú...

—Creo que al Perú ya no lo conoceré, señor Camacho. Si algo puede fallar...

Mientras miraba desde su ventana la temprana congestión nocturna en la Avenida Boa Viagem, Carmelo tuvo la sensación de que no llevaba en el Brasil once días sino once semanas. Flotaba afuera un ambiente húmedo y caliente. Allá abajo, el sábado vespertino era una mezcla de mar y neón. Había pasado mucho tiempo desde cuando, por una ventana igual de un hotel igual, observaba las luces de São Paulo. Minutos antes lo había llamado Finkelstein para decirle que pasaría por su habitación «para lo del arcángel». Carmelo sentía que por primera vez el que había sido un paseo de turistas ilustres adquiría algún interés periodístico. Tenía, sin embargo, preocupaciones que ensombrecían la favorable perspectiva. Por una parte, la noticia que le había dado Nicanor Jiménez en el avión. En este mismo momento —pensó Camacho— el mexicano debe de estar en su habitación recogiendo jabones y fósforos para los nietos, y pensando cuántos meses de vida le quedarán. El *Caballo blanco*, recordó Carmelo, y sonrió. Por otra parte, la relación con Regina. Sabía que había logrado restablecer unos hilos que se habían roto, pero ignoraba casi todo lo demás, incluso sus propios sentimientos —los de él—, sobre lo que estaba pasando. Es posible que estuviera enamorado de Regina y que esta circunstancia lo atemorizara: tanto, que se negaba incluso a planteársela. Si fuera apenas la idea de acostarse con ella no habría tenido problema en reconocerlo. En estos viajes casi todos guardan intenciones semejantes, y algunos lo consiguen. Sin embargo, lo de Regina se le antojaba distinto. Le gustaba reír con ella, conversar con ella, hacerle un guiño en ciertas situaciones en que los dos reconocían un ramalazo surrealista, hablar sobre música, oír música juntos. Al mismo tiempo, no sabía si Regina se aburría con el atlético y trivial Sergio o si pasaban a solas horas largas y sabrosas. Mientras Finkelstein llegaba, Carmelo se aplicó en el cuello unas palmadas de agua de colonia, encendió el televisor, sintonizó un noticiero y se echó en la cama en calzoncillos y camiseta. Poco después golpeaban en la puerta.

Ayumi emitió una risita nerviosa cuando vio a Carmelo en calzoncillos. El colombiano no contaba con que Finkelstein llegaría acompañado por los dos japoneses. Se apresuró a ofrecer disculpas a Ayumi y se embutió en el pantalón.

—¿Sabes algo de nuestro arcángel? —preguntó a Finkelstein en español. Se refería a la entrevista con Dom Hélder Câmara.

El argentino le respondió que aún no habían hecho contacto con él, pero que aún era un poco prematuro. Quizás después de la cena.

—¿Eso es todo lo que querías contarme?

—Sí. Eso es todo. Entendés que es un tema jodido para hablar por teléfono, ¿no?

—Está bien. Me visto y salimos.

El alcalde de Olinda y Recife fue el encargado de dar la bienvenida a los visitantes. Lo hizo en los términos afables y burocráticos de costumbre. Agradeció Ramsés a nombre de la delegación y enseguida se desgajó una lluvia de mariscos sobre las mesas de los invitados. Liquidadas las langostas, un grupo en el que se encontraban Carmelo, los japoneses, Sergio, algunas de las guías, Regina y Nicanor Jiménez terminó oyendo música nordestina en el Cavalo Dourado. Finkelstein prefirió volver al hotel a aguardar el mensaje angelical. Durante toda la velada Sergio se mantuvo muy próximo a Regina, aunque la chica miró varias veces con sonrisa que sonaba explicatoria, y el colombiano (despechadito, se confesó a sí mismo) procuró imponer en Recife la fórmula de guaraná con vodka entre algunos de sus compañeros. Poco antes de las tres de la mañana el señor Camacho se sorprendió bebiendo muchos cocteles homónimos y enseñándoles a cantar «Se va el caimán» a los japoneses. Después perdió la noción de la historia contemporánea en general y de la historia de esa noche en particular.

Cuando el Carmelo despertó eran casi las dos de la tarde. Se hallaba sin ropa, sufría un dolor de cabeza insoportable y oyó que alguien respiraba a su lado bajo las sábanas. Intentó sin éxito recordar lo que había pasado la víspera. Miró a su alrededor: en la penumbra, quebrada por algunos rayos de sol que filtraban las persianas, no reconoció la habitación. En vez de balcón tenía una ventana larga; un armario se hallaba donde su cuarto tenía el baño y el olor del recinto era esencialmente diferente. Ni rastros de esa agua de colonia que impregnaba todos sus rincones. No era su habitación. Mientras cavilaba timbró el teléfono. Del nudo de sábanas surgió primero una mano, luego un brazo huesudo y al final la cabeza y el tronco flaco de Ayumi. Estaba desnuda y medio dormida. Habló en japonés unas pocas palabras, colgó, fue al baño y volvió a meterse bajo las sábanas. Parecía claro que no se había percatado de la presencia de otra persona en la misma cama. Carmelo no recordaba nada, pero sospechaba lo que había sucedido bajo el influjo copioso del coctel Señor Camacho. Bajó de la cama con máximo sigilo y se puso a buscar en el suelo, a tientas, sus calzoncillos, su ropa y sus zapatos. Unos minutos tardó en vestirse, sin saber si llevaba los pantalones al revés y la camisa mal abotonada; prescindió de recuperar las medias, y, luego de verificar que en el bolsillo estaba su llave, emprendió silencioso camino hacia la salida.

Instantes antes de marcharse lo detuvo una voz que emergía de la oscuridad y de las sábanas:

—Sayonara —dijo débilmente Ayumi.

En su habitación hacían cola varios mensajes desesperados que Finkelstein había deslizado bajo la puerta. La cita con el arcángel era a las 5 p.m. en un café de Olinda situado frente al restaurante L'Atelier, en la Rua Bernardo Vieira de Melo. Finkelstein le ROGABA que lo llamara CUANTO ANTES. También había un papelito de Regina en que decía que iba a viajar con un pequeño grupo a la playa de São José da Cora Grande. Saldrían al mediodía. El mensaje agregaba algo muy significativo: «*Si no puedes venir, Sergio se quedará trabajando en el hotel y a las cuatro y treinta acompañará un tour local de iglesias*». El dato era claro: Sergio no estaría en el paseo a la playa. Carmelo tampoco, por supuesto; pero había captado un cambio importante en Regina.

Como lo había imaginado, no tardó en entrar una nueva llamada del argentino.

—¿Dónde te habías metido? —le preguntó angustiado Finkelstein.

—En mi camita, cual Topo Gigio —mintió Carmelo—. Creo que se me fue la mano en guaraná y dormí como una bestia hasta hace un rato.

—Como una bestia sorda —aseguró Finkelstein—, porque te llamé varias veces por teléfono y casi derribo la puerta a golpes.

—Hoy creo que no me habrías despertado ni a cañonazos.

Quedaron de verse a las cuatro en el bar del hotel para salir a la cita. A esa hora no debería de haber nadie desagradable —digamos Ramsés Guimaraes— en los alrededores.

La ciudad de Olinda era vecina siamesa de Recife, pero parecía situada en otro continente y en otro siglo. Los puentes, ríos y pantanos que se extienden al norte, donde se levanta Olinda, parece que marcaran un cambio total, no sólo de geografía sino de época, respecto a los edificios modernos y las avenidas playeras de Recife. La criatura que recogió a Finkelstein y Camacho en un Volkswagen blanco en la Rua Bernardo Vieira de Melo era de veras casi un arcángel: un cura chiquito y joven que no conseguía disfrazar su carácter sacerdotal ni siquiera con la ropa deportiva que llevaba puesta. Resultaba demasiado nítida para un laico. Las medias grises hacían juego con la camisa, la raya del pantalón azul parecía trazada con tiralíneas (se notaba el hierro de una plancha experta y una mano monjil sobre la plancha) y el color negro de los zapatos terminaba de configurar la traición. Hablaba español bastante bien, aunque con acento, y pidió que lo llamaran Juan.

—¿João? —preguntó Finkelstein. Quería demostrar sus progresos en la lengua anfitriona.

—No —sonrió el curita, que jugaba tímidamente al agente celestial secreto—: Simplemente Juan.

Juan les dio algunas vueltas por calles desiertas, húmedas y viejas, donde las paredes estaban enverdecidas por líquenes y limos. Explicó poco, pero sonrió siempre. Los dos periodistas no sabían si trataba de inventar un laberinto para despistar al posible enemigo o era un paseo turístico de cortesía. Como lo primero, habría sido inútil por la lentitud del desplazamiento y la ausencia de giros bruscos o rumbos inesperados. Como lo segundo, ni siquiera sabían si permanecían en Olinda o habían regresado a Recife, porque a veces atravesaban barrios recientes y pasaban frente a edificios de seis o siete plantas. Los dos periodistas, que estaban conscientes del espíritu confidencial de la misión, prefirieron comportarse a la altura del misterio. No hicieron preguntas, no formularon comentarios, no averiguaron cuánto tiempo faltaba para llegar ni hacia dónde se dirigían.

Al cabo de un rato, el Volkswagen blanco se detuvo frente a un caserón que alguna vez debió de ser mansión importante pero que ahora sólo era un espectro decadente y deteriorado. Quedaba fácil saberlo a la primera mirada, pues lo revelaban la fachada descascarada y algunas grietas en el edificio. Dos o tres grandes árboles acentuaban el carácter tristón de la casa; quizás eran los culpables del moho verde que cubría buena parte de los muros.

Juan los llevó por la entrada trasera, subió con ellos unas escaleras y golpeó una puerta pequeña de la segunda planta. Tras una breve espera abrió una monja. El guía se despidió con gesto tímido y dijo en portugués a la monja que estaría esperando abajo. Carmelo y Finkelstein se miraron. No necesitaban hablar para suponer que era un convento, una residencia eclesiástica o el Palacio Arzobispal.

Siguieron a la monja, que caminaba con decisión por un largo corredor, y atravesaron dos habitaciones: una vacía, cuyas paredes acusaban franco mal estado, y otra con libros, legajos y cajas de cartón. Ante la tercera puerta la monja frenó su ímpetu de ama de llaves y golpeó con suavidad. Una voz invitó a pasar. En el salón, más amplio que acogedor, esperaba de pie Dom Hélder Câmara vestido con una sotana blanca. Había en la sala unos pocos muebles: un escritorio cubierto de papeles, tres o cuatro sillas, un sofá de mimbre, algunas mesitas. En la del centro reposaban una jarra de agua y algunos vasos. Sobre una mesa lateral dormía un teléfono negro y pesado, de los años cincuenta. Un reloj de pared marcaba las cinco y cuarenta. A la izquierda del reloj colgaba la reproducción de un cuadro de la Adoración de los Reyes Magos que Carmelo creía haber visto en el Museo del Prado, pero cuyo autor no lograba recordar.

Dom Hélder, más bajito de lo que había imaginado, se adelantó a darles la bienvenida con los brazos abiertos. A Carmelo le impresionaron las ojeras del obispo. Eran unas ojeras típicamente brasileñas, que no obedecían a la falta de sueño, al llanto, ni a ninguna pena contumaz, sino que formaban parte del paisaje humano del país, de su sabrosa mezcla racial, como las pecas y las mejillas rojizas en Escocia o las cejas obstinadamente juntas de los turcos. Algo semejante ocurría con ciertos ojos femeninos brasileños, cuyos párpados parecían vivir a mitad de camino entre arriba y abajo, soñolientos, lánguidos, perezosamente sensuales.

Dom Hélder los invitó a sentarse, ofreció café y, cuando llegaron el termo y las tazas, hizo una seña a la monja para que saliera y cerrara la puerta.

—¿Cuál es el colombiano? —preguntó con amable curiosidad.

—Yo, Dom Hélder —apuntó Carmelo.

—Adorable país —dijo el obispo en español—. Estuve allí durante el Congreso Eucarístico... ¿qué año fue?

—El sesenta y ocho, Dom Hélder —informó Carmelo.

—Eso. El sesenta y ocho. Me encantaron la gente, la montaña verde, la comida: ¿cómo se llamaba esa sopa de papa? ¿No era ajiaco?

Camacho agradeció con una inclinación de cabeza y confirmó el nombre del potaje, que de inmediato le trajo a la memoria los almuerzos dominicales en casa de su abuela.

—Argentina es muy diferente —comentó luego—. La visito de vez en cuando, y también me encanta. Pero es una cosa bien distinta, por supuesto.

Dom Hélder sirvió otra taza de café y, sin levantar los ojos de la operación, comenzó a entrar en materia. «Entiendo que han venido invitados por el gobierno junto con otros periodistas internacionales, ¿verdad?» Carmelo y Finkelstein lo confirmaron.

—Amigos —les dijo, sin dejar de sonreír—. A las siete digo misa; tenemos una hora entera para conversar. Si quieren, empezamos.

Dom Hélder empezó criticando duramente el «modelo brasileño» de desarrollo y la ampliación de la injusticia social que éste traía. Camacho preguntó luego por la represión oficial, y el obispo les contó que sabía de varios «casos terribles».

Era el turno de Finkelstein y planteó una pregunta biográfica sobre los orígenes de la vocación de Dom Hélder, que interesaba poco a Camacho y desvió el tema por completo. El obispo hablaba de sí mismo con notoria incomodidad. Carmelo fingió tomar apuntes, pero su cabeza había volado velozmente a la habitación de Ayumi, y repasaba por enésima vez la película de ese despertar de domingo: Ayumi bajo las sábanas, Ayumi caminando desnuda, muy pálida y esquelética; la búsqueda a tientas de su ropa en cuatro patas, el sayonara de Ayumi, su entrada al ascensor sin medias y con los zapatos en la mano, su espectro en el espejo del ascensor con la camisa mal abotonada y el pelo revuelto, la llegada a la habitación como quien vuelve a casa y el papelito que le anuncia la cita inminente con el obispo de Olinda y Recife. De sainete. Carmelo sonrió para sí. Hace años se había dado cuenta de que hay quienes viven haciendo equilibrio en los hilos de la tragedia y quienes lo hacen en los de la comedia. Nuevamente confirmaba que él era un portentoso equilibrista de la vida cómica. No moriría abaleado por un marido celoso, verbigracia, sino víctima de un resbalón en la ducha mientras enjabonaba a la más fea del paseo.

—¿Tenés otra pregunta en este sentido? —Finkelstein se dirigía a Carmelo con aire de cortesía.

Camacho sólo pudo recordar, como un relámpago, que el argentino había abierto la puerta de los temas personales.

—Sí —dijo Camacho, sin saber si su pregunta había sido respondida de alguna manera por Dom Hélder durante su momentánea ausencia mental—. Me gustaría saber si le preocupa la cortina de silencio que se ha tendido alrededor de usted en el Brasil.

—Ya comenté que no es fácil hablar de uno mismo, ni me gusta hacerlo —comentó el obispo—. Yo soy un muerto civil. Yo no existo. Un periódico puede criticarme mentirosamente, y no puedo defenderme. Cuando converso con periodistas, como ustedes, sé que/

El teléfono del salón sonó en ese instante e interrumpió la respuesta del obispo.

—¿Alõa? —o algo parecido preguntó monseñor. Y, pasados unos segundos, nuevamente—: ¿Alõa?

Dom Hélder colgó.

—Ocurre en ocasiones —dijo a modo de explicación—. Llaman, y nadie habla. Otras veces es peor, porque hablan. ¿En qué íbamos?

Camacho consideró oportuno el momento para salir del pantano biográfico y preguntar por la Iglesia y los poderosos. Unos minutos después, la respuesta del obispo fue interrumpida por la monja, que entró con galletas y un nuevo termo de café. Monseñor agradeció y luego supo interpretar un disimulado gesto de la monja.

—No se preocupe, sor Teresinha —dijo el obispo—. A las siete en punto estaré en la capilla.

Luego, cuando la monja hubo salido, monseñor sonrió y comentó con complicidad.

—La misa de un obispo es, para las monjitas, como la final de la Taça de Independência para un aficionado.

Los visitantes estaban inquietos: no querían poner nerviosas a las monjitas, así que cerraron libretas, guardaron bolígrafos y dieron a entender que la entrevista había terminado.

—Lo peor, lo he dicho muchas veces —Dom Hélder se había puesto de pie, pero seguía hablando—, no es el comunismo sino la diferencia entre los ricos y los pobres.

Los periodistas agradecieron al obispo, y éste añadió más palabras afectuosas sobre Colombia y Argentina. Empezaba a acompañarlos hacia la puerta del salón cuando sonó de nuevo el teléfono.

—¿Alõa? —volvió a preguntar Dom Hélder.

Esta vez el interlocutor debió de hablar, porque el obispo prestó atención a lo que le decían desde el otro lado del teléfono.

—¿Una bomba? —preguntó de pronto Dom Hélder en portugués—. ¡Qué alegría, hijo mío! ¡Cuánto te agradezco! ¡No sabes lo feliz que me hace saber que dentro de una hora estaré al fin con Dios! ¡Gracias, hijo mío!

El otro había cortado la comunicación, y Dom Hélder colgó.

—Una amenaza de bomba —dijo, sonriendo, a los dos periodistas, que se habían quedado paralizados—. Cada semana hay dos o tres, y siempre les digo lo mismo: que me alegrará reunirme con Dios en poco tiempo.

—¿Siempre anuncian bombas, Su Eminencia? —preguntó Finkelstein.

—No. Hace poco alguno me llamó a preguntarme si prefería morir de un tiro en la cabeza o degollado. Le contesté que prefería descuartizado, y creo que al final quedó confundido, porque no dijo nada más.

—¿Y si fuera verdad? Es decir, ¿si un día no se trata de una amenaza, sino de una bomba o un disparo? —preguntó Camacho.

Dom Hélder lo miró desde su metro con cincuenta y cinco:

—¿Se imagina la dicha de visitar a Dios? ¡Es mi sueño de toda la vida!

Delator

Carmelo supo que algo estaba ocurriendo cuando recibió una llamada de Regina antes de las siete de la mañana. Había pasado una noche inquieta durante la cual flotó en largos duermevelas salpicados de obsesiones e imágenes recurrentes: repasaba detalles minuciosos de la entrevista con Dom Hélder, como aquel cuadro de la Adoración de los Reyes Magos cuyo autor no lograba identificar, y enseguida veía a sor Teresinha con el café y a Ayumi bajo las sábanas.

—¿Qué te pasa? —preguntó el dormido Carmelo cuando reconoció la voz de Regina en el teléfono que acababa de timbrar.

—Dormí mal toda la noche. Ramsés me confió anoche un dato que no puedo creer —explicó ella con firmeza—. Por eso te llamo.

—Querida, tómate un somnífero la próxima vez y déjame dormir a mí —respondió Carmelo en tono poco amable que él mismo no atinaba a entender.

—Para poder dormir de nuevo tengo que contarte lo que Ramsés me dijo.

—¿Qué hacías anoche con un tipo como Ramsés?

—Eso no importa. Estuve con él y con un grupo tomando unas copas en un piano bar.

—La dulce vida de Recife, ¿no es verdad? Bueno, si te dedicas a ella, después no me pidas consejos para dormir.

—Carmelo —lo cortó Regina con decisión—: ¿Es verdad que tú denunciaste a Finkelstein ante Ramsés? ¿Que Ramsés y tú urdieron un plan para impedir que Finkelstein asistiera al Palacio de Congresos de São Paulo, porque temías que fuera a preguntar alguna impertinencia al presidente Garrastazu Médici?

Las palabras de Regina lo despertaron más que una tina de agua fría.

—¿Estás ahí? —preguntó Regina tras un silencio de varios segundos.

—No fue exactamente así —musitó Camacho—. ¿Qué fue lo que te dijo el hijueputa de Ramsés?

—Lo que te estoy contando. Me parece miserable, Carmelo. Nunca habría pensado que fueras capaz de vender a un compañero.

Carmelo recuperó la serenidad y colgó sus malos modos iniciales. Sospechaba que Ramsés se proponía alguna cosa al contar a Regina una versión acomodada de aquel episodio dudoso. Algo ocurría, pero no sabía bien qué era.

—Aquí está pasando algo raro —comentó a Regina—. De todos modos, no es como te lo dijo Ramsés. ¿Podríamos desayunar juntos lo antes posible?

Regina parecía más tranquila.

—¿Media hora? —preguntó.

—Veinte minutos —sentenció Carmelo.

A los veinte minutos se encontraron en el comedor. Eran las siete de la mañana del lunes y en la mesa florecía un paraíso de frutas y panes; el salón estaba casi vacío, pero Carmelo prefirió que salieran a desayunar en otro sitio. Encontraron el lugar a poco andar por la Avenida Boa Viagem. Era un café donde unos pocos parroquianos se preparaban para afrontar una nueva semana de trabajo. Pidieron dos cafezinhos y dos croissants.

Regina le explicó que la víspera, en el piano bar, Ramsés la había apartado expresamente en un rincón para advertirle que se cuidara de Camacho; le había dicho que Finkelstein era un personaje raro, pero que Camacho desempeñaba un doble papel muy complicado. Por un lado posaba de rebelde y escéptico, pero por otro era capaz de denunciar a un compañero e impedir que acudiera a un evento donde podría hacer preguntas embarazosas. Y entonces le había contado que Camacho, preocupado por la posibilidad de que Finkelstein pusiera en aprietos al Presidente, le había propuesto a Ramsés que engañara al argentino y le hiciera pensar que la cita estaba aplazada. Así lo hicieron, según Ramsés, y el plan de Camacho funcionó: Finkelstein se quedó esperando en el hotel y no pudo disparar sus preguntas a Garrastazu Médici.

—¡Qué hijueputa! —exclamó Camacho en español.

—Eso lo entiendo —sonrió Regina.

El colombiano le explicó que no había sido exactamente así. Es verdad que esa mañana se encontró con Ramsés cuando éste se dirigía a la tienda del hotel; es verdad que se saludaron, y Ramsés le preguntó por qué tenía cara de preocupación; es verdad que Camacho le comentó que no era preocupación: era el pánico al ridículo. Y es verdad que le dijo por qué.

—Todo lo demás debió planearlo Ramsés sin que yo supiera, te juro —afirmó Carmelo—. Confieso que sentí un alivio cuando no apareció Finkelstein, pero pensé que había sido decisión suya, no producto de una trampa. Me indigna que el hijueputa te diga ahora que yo urdí todo esto.

—Carmelo —reprochó con suavidad Regina—, convengamos que no fue muy prudente haberle hecho semejante comentario a Ramsés.

—No lo conocía, no sabía que era un comisario político. Pero ahora lo que me preocupa no es que te haya contado una versión acomodada de aquella historia, sino las razones por las que ha resuelto hacerlo. ¿Te comentó algo sobre una cita que tuvimos Finkelstein y yo con alguien en Recife?

—No.

—¿Alguna referencia, aunque fuera mínima, a Dom Hélder Câmara?

—¿Vieron a Dom Hélder? —preguntó Regina con admiración.

—Lo vimos. Lo entrevistamos. Todo esto es secreto, por supuesto. Y aunque fue una operación muy discreta y cuidadosa, me da la impresión de que Ramsés lo supo. Es lo único que explica que ahora intente hacerme daño con la mentira que te contó.

—Podría ser —dijo la chica—. Sobre todo porque es una mentira con una base cierta: él se enteró por ti de que Finkelstein se proponía formular preguntas embarazosas en la inauguración. Éste es un hecho. Y un error tuyo. Entonces tienes que explicar que sí pero que no, que no pero que casi sí, y cuando tienes que explicar ya estás jodido, amigo mío.

—No lo niego, pero yo nunca quise ahorrarle problemas, digamos, a Garrastazu Médici, que me parece un dictador infame y un hablador de mierda, sino a los periodistas que íbamos a sufrir una tortura parecida a la escena ridícula de Finkelstein con Delfim Neto. Llamarlo Excelencia y todas esas estupideces.

—Pero ése no era problema tuyo, sino de Finkelstein, o de Garrastazu Médici, o de la organización.

No puedes pretender controlarlo todo, Camacho, no eres Dios.

—En fin, lo que quieras. Pero te puedo apostar una cosa: Ramsés sabe que entrevistamos a Dom Hélder.

—Quizás. Lo cierto es que no me dejó dormir lo que me contó.

—¿Si lo hubieras sabido como te lo he dicho yo, que es la pura verdad, habrías dormido bien?

—Tampoco.

—No me jodas, Regina. Acepto: fue una ligereza haberle comentado eso a Ramsés. Pero me interesa que sepas que no soy un delator.

Regina rió.

—No, no habría dormido, pero no por eso. Tengo otros motivos para que mis noches sean malas y largas.

—Ya temía yo que no era solamente el asunto de Finkelstein y Ramsés, sino que estabas necesitando al hermano mayor. Suéltalo. ¿Qué te pasa?

—Lo de Ramsés y Finkelstein también influyó, no creas.

—Me estás sacando el cuerpo. Suéltalo.

Regina jugaba con las migas del croissant encima de la mesa.

—Terminé con Sergio —dijo de pronto.

—No me digas.

—Sí. Por completo.

—¿Cuándo fue?

—Anoche.

—¿En el piano bar?

—Ajá.

—¡Qué lugar tan movido! Comisarios políticos y amores rotos.

—No te burles. Fue después de lo de Ramsés.

—¿Y se puede saber por qué?

—No sé si contártelo.

—¿Dudas de tu hermano mayor?

—No, pero dudo de que consideres suficientes mis razones.

—Vamos. Quieres soltarlas, no te pongas las cosas más difíciles.

Regina bebió el poso de café frío que quedaba en la taza. Necesitaba sazonar la noticia con un poco de efecto.

—Sergio se acostó con Ayumi.

Carmelo tragó saliva.

—¿Con Ayumi?

—Sí, con la japonesa. Me lo confesó él mismo.

—¡Ayumi! Pero si no es propiamente Rita Hayworth. No sé por qué, pero sospecho que debe de ser como acostarse con Mahatma Gandhi.

—Pues lo hizo.

—¿Estás segura de que no te mentía? —Carmelo intentó aportar análisis—. Quizás por ponerte celosa, o algo así.

—No. Es verdad. Se acostó con ella. Para darme celos, podría haber escogida otra.

—Pero... Ayumi no inspira un mal pensamiento. Al menos a mí, no me produce el menor deseo pecaminoso —mintió descaradamente Carmelo.

—Otros no piensan lo mismo. Ahí donde la ves, es la cama más agitada de este viaje —Regina sonreía ahora—. ¿Quieres saber la lista?

Camacho tragó saliva, y ella continuó:

—Además de Sergio, prepárate, el antiguo corresponsal en Rio.

—¡Conque el truco del papelito le funcionó! —comentó aliviado Carmelo—. No te lo puedo creer.

—Y a lo mejor faltan otros —agregó Regina, pero el colombiano fue incapaz de calibrar si lo decía con intención—. No sé si el japonés, por ejemplo.

—Estás de brincadeira. No es lo que harían dos corresponsales japoneses, me imagino.

—Tienes razón —aceptó Regina—. Se habría sabido. En la burbuja todo se sabe, compañero.

—¡Increíble! —siguió exagerando Camacho con alguna aprensión—. Se necesita estar demasiado apurado.

—A lo mejor tiene algún encanto oculto de oriental. Pero, ¿no te parece imperdonable que el tipo que me jura amor eterno, por el que rompo con mi novio de varios años, acabe acostándose pocas horas después, en un descuido mío, con otra mujer?

—Y con la más fea.

—Eso es lo de menos, Carmelo. El hecho es que no fue capaz de guardarme un mínimo respeto. Y me temo que gozó al confesármelo. Si no lo detengo, habría enriquecido la confesión con detalles.

—¿Quieres decir, lugar y tiempo?

—Lugar, tiempo, número de veces, posiciones, resultados...

—O sea que él también cree en eso del sexo incluyente.

—Es un enfermo, Carmelo. Juro que estaba feliz contándome.

—Debo aceptar que es una situación incómoda.

—Incómoda, no: una mierda —Regina se había puesto vehemente—. Esto no lo entiendo ni con tu teoría del Efecto Burbuja. ¿O sí?

—No —corroboró Carmelo—. No cabe ni con burbuja.

Mientras preparaba otra vez sus maletas, la cabeza de Camacho daba vueltas. Habían pasado demasiadas cosas en muy poco tiempo. La entrevista con Dom Hélder, el regreso de Regina al hermano mayor, Ayumi ninfómana, Sergio Pinheiro y sus infidelidades confesas, Ramsés y sus tramas tremebundas...

Lo sacó de la molienda León Finkelstein, que golpeó a su puerta en camisa de pijama y pantaloneta. Estaba descalzo, afanado y sudoroso, y hablaba en voz baja de manera atropellada. Carmelo le acercó un vaso de agua. Venía a informarle que, quizás a raíz de la entrevista con Dom Hélder, había hecho contacto con él la Resistencia. ¿Quién? La oposición clandestina. Alguien, un tal Carlinhos. Le ofreció una reunión en Rio de Janeiro con gente que trabajaba escondida. Si le interesaba, debía acudir a un café donde un contacto lo conduciría a la entrevista. Dentro de veinte minutos volvería a llamar para saber su respuesta e impartirle las instrucciones del caso.

—Vamos ambos —le propuso Finkelstein.

La invitación pilló desarmado a Camacho.

—Primero déjame contarte algo curioso —repuso el colombiano—. Ramsés sabe que estuvimos donde Dom Hélder.

Detrás de los lentes de culo de botella, Finkelstein parpadeó con sus dos abanicos enormes.

—¿Lo sabe?

—Eso creo. Le dijo a alguien algunas cosas que no te puedo repetir porque juré reserva, pero esas cosas que dijo me hacen creer que lo sabe.

—Decime qué cosas. En esto estamos ambos, Camacho.

—Ya te dije que prometí no revelar nada. Pero temo que Ramsés nos sigue los pasos, así que creo que debes negarte a la entrevista con los clandestinos.

Finkelstein había quedado pensativo y nervioso con la noticia.

—¿No me podés decir al menos por qué pensás que Ramsés lo sabe?

—Digamos que se acercó a alguien y le dijo un infundio sobre mí. Sé que me estaba mandando un mensaje.

—¿Regina?

—Por favor, Finkelstein, esto es muy jodido. Sabes qué clase de hijueputa es Ramsés, así que no me preguntes más.

—Está bien, perdoname.

El argentino pidió más agua.

—Camacho —prosiguió—: Decir que no a la entrevista con los clandestinos es perder una oportunidad única de ayudar a esta gente. El problema es que no sé si habrá tiempo para verlos: tengo cita en la Fundación Getúlio Vargas; me van a dar material veraz sobre la situación económica.

—¿El viejo Getúlio montó una fundación?

—La fundaron después de su muerte. Es uno de los pocos sitios donde, según me dicen, puedo conseguir información económica relativamente imparcial. Si querés, me acompañás.

—Me declaro suficientemente enterado en materia de economía brasileña. Ya sabes que no es mi mayor interés. Más bien me pasas la información que veas interesante.

—Perfecto. Oíme —el semblante de Finkelstein cambió, se volvió risueño—: Tengo otras noticias más interesantes: los resultados de ayer en la Taça.

—Cuéntame...

—Portugal uno, Unión Soviética cero. Brasil uno, Escocia cero.

—¡No jodas! O sea que la final será entre el imperio antiguo y el nuevo imperio.

—«A final falará português», como decía el título de hoy en el diario, o algo así.

—Supongo que nuestros puestos en el Maracaná están firmes.

—Eso espero —dijo Finkelstein en plan de despedida.

Camacho cerró la puerta antes de que saliera el argentino.

—León —le dijo con toda seriedad—. No quiero meterme en más líos. Para mí, Rio debe ser un final de fiesta tranquilo. Cachaça y futebol, como dice Chico Buarque.

—Vení a la reunión con los clandestinos —le insistió una vez más el argentino—. Es cuestión de un par de horas. Después nos dedicamos a la cachaça, el futebol y las garotas. Tengo que llevarte a conocer a Dafne.

—De veras, no quiero enredos —se disculpó Camacho—. Y tú deberías evitarlos también.

—De acuerdo —convino Finkelstein—. Lo pensaré. Si acepto, iré solo. Vos quedás por fuera.

Si es lunes, es Ipanema

En el periplo a Rio de Janeiro se enteró Carmelo de que Aguiar ya no seguiría en el paseo. Regina le informó que, por instrucciones del Ministro de Industria y Comercio, había sido devuelto de manera terminante a Brasilia en un vuelo de la mañana. Apenas tuvo tiempo de indicarme que yo quedaría como representante del Ministerio en la expedición, explicó Regina: Mandó saludos especiales al militarista colombiano. Carmelo quedó de una pieza. Veo la mano de Ramsés detrás de todo esto, comentó. Yo también —dijo Regina—. Lo peor es que no creo que las cosas terminen ahí. Carmelo se preocupó aún más: ¿Qué quieres decir? Regina hizo un gesto de incertidumbre: Supongo que lo retirarán del Ministerio. Depende de qué lo acusen. Carmelo fue claro: Sólo lo pueden acusar de habernos ayudado a hacer contacto con Dom Hélder Câmara. Ya es bastante, dijo Regina. Camacho pensó entonces que a lo mejor Aguiar era el contacto de Finkelstein con los clandestinos, y pensó que el viejo se había metido en un lío complicado. Nicanor Jiménez se aproximaba a ellos y el colombiano prefirió guardar prudente silencio. No veo al señor Aguiar, comentó Nicanor. Tuvo que regresar a Brasilia por problemas de trabajo, mintió a medias Regina lanzando una mirada de *omertá* a Carmelo.

Camacho ya lo había experimentado en otros viajes. Con el paso de los días la burbuja se dividía en subespecies de su propio género, y, sin que dejaran de comunicarse entre sí, cada una adquiría su propia intensidad y su particular dinámica. Gracias a ello, el viaje que para algunos no pasaba de ser una visita a otra geografía se convertía, para otros, en una experiencia sobrecogedora de la cual salían como si hubieran tenido ocasión de asumir durante un tiempo una vida ajena, intensa, distinta y libre. El secreto seguía siendo entender que al final la burbuja, plop, saltaba en pedazos y cuanto se había vivido allí pasaba a ser un recuerdo, un pretérito inmodificable; la realidad volvía a imponerse, y era un error pretender extender la jurisdicción de la burbuja más allá de sus propios límites. La burbuja de Carmelo parecía tener varias entradas y salidas, y a ella pertenecían por momentos algunos personajes que luego derivaban hacia una especie de compartimento lateral. Era importante comprender que también ellos estaban viviendo su propia experiencia a bordo de la burbuja y demandaban esa consideración. Por supuesto, no era preciso explicar nada de esto a Nicanor cuando Carmelo le entregó una bolsita donde había recogido elementos del baño de su hotel de Recife. Para los nietos, le dijo el colombiano. Tenía claro que, más que a la diversión de los nietos, estaba rindiendo un homenaje de cariño a ese hombre pegajoso que le había confesado una tarde en un avión que se estaba muriendo de cáncer.

—¿Sí será verdad que se está muriendo? —preguntó Finkelstein haciéndose el escéptico cuando Carmelo le contó lo que le había pasado con el mexicano— ¿No querría conmoverte a vos, o conseguir más regalos gratuitos para sus nietos?

Estaban sentados en una terraza de Copacabana tomando jugo de papaya y mirando pasar la gente. No era una tarde espléndida, de las que anuncian los libros de turismo, sino gris y húmeda. Sofocante. El cielo azul de las típicas fotografías cariocas había sido repintado con nubarrones de barriga negra, como salidos del pincel de Alejandro Obregón, el pintor colombiano que alguna vez no resistió la tentación de agregar tres nubes mal encaradas a un pequeño cuadro anónimo, *naive* y risueño que Carmelo tenía en su apartamento de Bogotá. A lo mejor iba a llover por la noche. La expedición había desembarcado en un hotel no muy grande y lujosísimo en la playa de Leme, al extremo opuesto del Posto 6, que es donde termina Copacabana. Leme era un sitio menos concurrido y abigarrado que la Avenida Atlântica a la altura del Hotel Copacabana Palace, donde ahora tomaban su jugo de papaya Finkelstein y Carmelo.

—No lo creo —dijo el colombiano—. No podría decirte por qué, pero pienso que debe de ser verdad que se está muriendo. Nadie inventa un cáncer avanzado para ganarse la simpatía de su vecino de avión o conseguir frasquitos de champú para los nietos.

El argentino, que había estado mirando pasar las chicas con una sonrisa levemente salaz en los labios, alzó la mirada por encima de las gafas y la clavó en Carmelo.

—Quizás tenés razón —dijo.

Llevaban un buen rato mirando pasar las garotas cuando, llevados por el azar de las playas y la vaga promesa de que estarían por Copacabana, se acercaron a ellos los dos japoneses y Nicanor Jiménez.

—Jefe —saludó el mexicano a Camacho—: No más sírvanos de líder. Aquí no hablamos portugués.

—Está bien —aceptó Carmelo—. Vamos, pues, que no podemos ver morir la tarde sin haber pisado las arenas de Ipanema.

Regina le había aconsejado a Camacho que echara a caminar por la Avenida Atlântica hasta el final de Copacabana y torciera luego hacia la derecha por la Rua Francisco Sá. Regina era carioca; había nacido en Rio y allí había vivido su infancia, pero viajó con su familia a Brasilia en pos de cargos burocráticos cuando se inauguró la nueva capital en 1960. Al final de la calle Francisco Sá, le previno Regina, tus ojos verán una de las playas más hermosas del mundo. Y las mejores bundas. ¿Conocen en Colombia la «Garota de Ipanema»? Carmelo tarareó *olha que cosa mais linda,* etcétera, y le rogó que no le faltara al respeto a su país. Somos pobres, pero no ignorantes, qué te crees. Ella ofreció disculpas pero insistió en que no te la puedes perder: la realidad supera a la bossa nova, te juro. Regina tenía que acudir a la reunión de coordinación de trabajo con el personal de funcionarios, y más tarde procuraría ponerse en contacto con Aguiar. Se encontrarían todos en la cena en Mario's.

Era lunes en la tarde en Ipanema y, a pesar de las nubes grises que destemplaban el cielo, cientos de personas huían del calor echadas en la arena. Otras jugaban voleibol o fútbol. Un enjambre de vendedores ofrecía agua de coco, gaseosas, ungüentos, frutas, gafas oscuras. Nicanor preguntó dónde podría comprar camisetas número 10 de la Selección Brasil para sus nietos y le dieron unas indicaciones que no entendió bien. Carmelo tuvo que acudir en su auxilio. Andando hacia la tienda donde vendían ropa deportiva, pasaron frente a un almacén de discos y Carmelo oyó sonar el último de Chico Buarque. En la cinta donde Regina le había grabado «Apesar de você» Camacho había conocido aquella canción llamada «Construção», que imitaba a un rompecabezas. Es la historia de un albañil que trabaja en lo más alto de un edificio en obra. El orden de los versos sufría reiteradas mutaciones, y con cada una de ellas adquirían un sentido más hondo y más crítico, reforzados por el miserere de las palabras esdrújulas. «No vayas a comprarlo —le había dicho Regina—, que yo te lo regalo: el disco tiene maravillas». Pero quizás se había olvidado de la promesa, porque, con las altas y bajas de su relación, nunca volvió a mencionar el asunto. Carmelo resolvió entrar al almacén y llevarlo, temiendo que al final iba a quedarse sin el regalo y sin la compra.

Decía así la última estrofa de la canción, que el colombiano tradujo al inglés en pleno Ipanema luego de explicar con entusiasmo a sus amigos de qué y de quién les estaba hablando:

La amó aquella vez como si fuese máquina
besó a su mujer como si fuese lógico
levantó en el borde cuatro paredes flácidas
se sentó para descansar como si fuese un pájaro
y flotó en el aire como si fuese un príncipe
y acabó en el piso hecho un paquete etílico.
Murió en contravía atafagando el sábado.

—O sea, que se vino abajo y murió aplastado —medio preguntó y medio afirmó Nicanor Jiménez, para aclarar de una vez por todas el sentido de la poesía.

—En efecto —ratificó Carmelo—: Intentó sentarse a descansar y no encontró apoyo. Fue a caer en medio de los buses.

—¡Qué terrible! —comentó horrorizada Ayumi, y se llevó una mano a la boca.

Al final, todos compraron el último disco de Chico Buarque. En la carátula se veía a un tipo de pelo rizado, bigote siciliano y manos en la cintura que, ataviado con una camisa barroco-tropical, miraba con curiosidad y un poco de temor al fotógrafo. Carmelo agarró vuelo y dio la lata el resto del paseo a sus compañeros hablándoles sobre los cantantes brasileños, el movimiento contra la represión y la censura oficial a las letras de las canciones, e inevitablemente terminó contando la anécdota de la letra prohibida de «Apesar de você».

Luego hicieron la visita obligada a Veloso, uno de los diecisiete bares que aseguraban haber sido el sitio donde Vinicius de Moraes y Tom Jobim escribieron «Garota de Ipanema».

—Este bar —les informó Camacho equivocadamente— se llamaba antes Cirrosis.

Ayumi había sacado la libreta y tomaba notas para su periódico.

Sergio Pinheiro lo abordó al entrar al restaurante. Antes de pasar a manteles, la casa Mario's ahogaba a los Periodistas Internacionales con cantidades navegables de caipirinha, caipiroska, Señor Camacho, whisky, ron y vino. Rio de Janeiro quería marcar diferencias con el resto de la gira, y no le bastaba con defender la calidad sino que pretendía abochornarlos con la cantidad. Sergio quería confirmar quiénes iban a acudir a la final de la Taça Independência y realizó una rápida encuesta. Finkelstein estaba a su lado y fue el primero en levantar la mano. Eso sí, preguntó si en el Maracanã estaba permitido hacer barra por Portugal.

—No le pongas atención —dijo Carmelo a Sergio—. Es el eterno pique de los argentinos, que nunca han sido campeones de mundo, contra sus vecinos, que dictaron una cátedra de fútbol llamada México 70.

—Ya lo sospechaba —dijo Sergio—. No hay problema, Finkelstein, bien puedes hacer fuerza por Portugal.

—Al fin y al cabo estamos en un país libre —intervino con una sonrisa Ramsés, que se incorporaba al grupo.

Antes de aproximarse a Regina, mientras continuaba el abrumador coctel previo al rodizio, Carmelo disimuló su ruta conversando unas palabras aquí con unos y allá con otros. Gozaba de una euforia que él mismo no podía explicarse con claridad. ¿Abuso del Señor Camacho? ¿Sentido de la anticipación? ¿De la anticipación de qué? Cuando mencionó al alemán antipático la portada de Woody Allen en *Time,* descubrió que el otro tenía bien preparada la respuesta. Allen no era un humorista, dijo, sino un filósofo. Si hubiera sido un humorista, con seguridad no habría aparecido en la portada de *Time.*

Poco después rodó hasta donde se hallaba Regina, acompañada por la soledad de Nicanor Jiménez. La muchacha se iluminó al ver a Camacho, que la saludó con un beso en la mejilla y silbando «Garota de Ipanema». Maravilloso —le dijo Camacho—: Ver Ipanema y después morir... de ganas. Regina lo recibió anunciando noticias buenas y malas sobre Chico Buarque. Las buenas: que acaba de terminar una película con dieciocho canciones suyas titulada *Quando o carnaval chegar.* Las malas: que iba a ser estrenada el 15 de julio, dos semanas después de la terminación del viaje de Export 72. Pero saldrá un disco, y, si me dejas tu dirección, te lo mandaré, prometió Regina. Camacho ofreció suministrarle todos sus teléfonos y direcciones antes de que terminara el viaje. Regina comentó que había hablado por teléfono con Aguiar. En este momento vuela hacia Porto Alegre, donde vive su hija, dijo. Nicanor se interesó por saber si viajaba con licencia o de vacaciones. Regina puso cara de preocupación. Me temo que Aguiar ya no volverá al Ministerio, les confió. Camacho preguntó por qué lo decía. ¿Me juran reserva absoluta?, dijo Regina a modo de respuesta, y, luego de las profesiones de silencio de sus dos contertulios, agregó: Me llamó el subdirector administrativo del Ministerio de Industria y Comercio, que es el jefe de Aguiar, y me dijo que Aguiar estaba viejo, que no paraba de hacer tonterías y que era hora de que se retirara. Y entonces me ofreció su puesto. Nicanor la felicitó efusivamente, pero Carmelo entendió que para Regina era una promoción envenenada, que querían medirle el aceite. ¿Piensas aceptarlo?, advirtió el colombiano. No lo sé, dijo ella: Por ahora lo que me preocupa es terminar este viaje lo mejor posible. Carmelo no supo si sus palabras tenían una segunda intención. Finkelstein aterrizó minutos más tarde en el grupo y, sintiéndose en confianza, dijo en voz baja que la reunión en la Fundación Getúlio Vargas había sido bárbara. La posición de los investigadores políticos es muy clara —expuso—. A partir del Acto Institucional Número Cinco de 1968, que cierra el Congreso, establece la censura y prohíbe los partidos políticos, esto es una dictadura con todos los pelos, no importa las vueltas que pretendás darle. Carmelo contuvo el ímpetu oposicionista que había surgido en el argentino. ¿Sí crees que este lugar es el más adecuado para una conversación académica como la que planteas?, le preguntó, incómodo. ¿Académica? Te hablo de la pura realidad, viejo —agregó indignado Finkelstein—. ¿Sabés a cuánto llegará el año entrante la deuda externa? A más de doce mil millones de dólares. ¿Sabés cuántos trabajadores reciben menos que el salario mínimo? Más de la mitad. ¿Sabés a cuántos salarios mínimos de 1965 equivale el actual? Finkelstein, por favor... —amonestó Carmelo—: No es el sitio indicado, entiende. El colombiano seguía incómodo con el rumbo serio que tomaba la conversación, y Nicanor y Regina se sentían incómodos de que Carmelo se mostrara incómodo. ¡Tres salarios mínimos!, remató Finkelstein, dispuesto a cambiar el tema pero también a ponerle un fin digno.

Más tarde, para quitarse de encima el fantasma de su actitud con Finkelstein, Carmelo lo llamó aparte. No te digo que no sea importante lo que te contaron en la Fundación Getúlio Vargas, comprende —le dijo—. Lo que pienso es que éste no es el ambiente, estamos en plan de diversión, de risas, ¿sí ves? Finkelstein ya estaba más tranquilo. De acuerdo, de acuerdo —aceptó—. En plan de risas, y hasta de conquista, reconocelo. Te veo muy simpático con Regina. Carmelo sonrió tolerante, y el argentino continuó, cambiando de tono: La cosa es gorda, Carmelo, ésta es una dictadura de la reconcha. Mira —dijo Carmelo—. Mañana tenemos un paseo por la ciudad y un almuerzo con el Secretario de Turismo de Río: habrá tiempo de sobra para que me cuentes tus cuitas político-económicas. No dañes el ambiente ahora, por lo que más quieras. Finkelstein sonrió: Está bien, no necesitás repetirlo. A lo mejor mañana te tengo una sorpresa, pero no político-económica, sino de las otras. A lo mejor te llevo a conocer a Dafne. No me digas, comentó entusiasmado Carmelo.

Al día siguiente, durante la consabida visita al Corcovado, el cerro de Pan de Azúcar y el Jardín Botánico, Finkelstein se lo contó a Carmelo. Se había puesto cita mañana, que era el día libre, con dos personajes de la clandestinidad. Ni me digas cómo hiciste contacto con ellos —le advirtió Camacho—. Ya sabes lo que pienso sobre esto. El argentino insistió: Es importante, Carmelo. Me van a dar datos sobre torturas y cosas así. Adiviná cuántas agencias de espionaje e inteligencia tiene el gobierno. El colombiano no quiso adivinar. Más de doce, dijo Finkelstein. Carmelo meneó la cabeza y suspiró largamente. Ya te lo dije: tengamos el fin de fiesta en paz, por favor, repitió. Lo vamos a tener —respondió Finkelstein—. Serán sólo un par de horas con estos muchachos. Yo también quiero dedicarme a la cachaça, las garotas y el futebol. Lo digo en serio: dentro de un rato, en el restaurante, nos bebemos la cachaça; esta tarde te llevo a conocer a mi garota Dafne; y mañana acudimos a la final de la Taça de Independência: ¡el Maracanã, amigazo! Camacho le dio una palmadita en la espalda. Está bien —sonrió—. Pero no cuentes conmigo: yo voy a inscribirme en la excursión a Petrópolis. No sé por qué, pero creo que le he cogido un cariño especial a la familia de don Pedrito...

Salieron del restaurante a eso de las cuatro, pasados de caipirinhas, caipiroskas y Señor Camachos, y Regina propuso a Carmelo que se sumara a ella y a otros que pensaban tenderse en una playa y no pensar en nada. Pero Carmelo ya se había comprometido a acompañar a Finkelstein a visitar a su amada Dafne. Disuelto el grupo, le fue imposible a Carmelo desprenderse del mexicano, así que volvieron a formar el pequeño trío hispanoparlante. Enrumbaron en un taxi hacia la Avenida Prado Junior, en Copacabana.

—¿Estás seguro de que la conociste aquí?

A Carmelo le parecía poco católico el bar ante cuya puerta habían llegado; adentro refulgían luces azules de neón en un ambiente semioscuro.

—Está raro —admitió Nicanor.

—No exactamente aquí —corrigió el argentino—. La conocí en un parque, cerca del hotel donde estaba alojado. Pero salimos a caminar y después nos tomamos unos refrescos en este lugar. Dafne es una muchacha muy correcta; estudia psicología y vive con su familia en uno de estos edificios —agregó señalando alrededor—. Lo que pasa es que no sé con precisión en cuál.

—Así va a ser difícil encontrarla —admitió Carmelo.

—De todos modos, ella me dijo que viene a menudo a tomar refrescos en este sitio —aclaró el argentino—. Podemos esperar un rato.

Camacho lo miró ojo a ojo:

—León: estoy cansado, almorcé demasiado y me tomé unas cachaças de más. Preferiría echar una siesta que perder aquí mi tiempo. Dime la verdad: después de los refrescos fueron a tu hotel y ella se acostó contigo, ¿verdad? ¿Cuánto? ¿Cien dólares?

Finkelstein dio un respingo.

—¡Cómo se te ocurre! —le dijo con aire indignado—. Ya te digo que vive con su familia y estudia psicología.

Luego el argentino bajó los ojos y agregó con voz ronca:

—Nos tomamos de la mano... nos dimos unos besitos... quedamos de vernos cuando yo volviera... eso fue todo.

—¿De veras?

—De veras.

Nicanor miraba sorprendido, pero sin musitar palabra.

Carmelo optó por la suavidad.

—Mira, hermano —indicó a Finkelstein—: Entremos al bar y preguntamos por ella. A lo mejor vendrá más tarde a tomar un refresco. Con la familia, naturalmente.

Sin decir nada, Finkelstein asintió y los tres se dirigieron al bar. Empujaron la puerta de cristal. El aire acondicionado era digno de Alaska y había al fondo una rocola tragamonedas que lanzaba destellos multicolores. Se sentaron ante una pequeña mesa y llamaron al camarero.

—Tres caipirinhas —dijo Carmelo. Y cuando se dio cuenta de que Nicanor se aprestaba a pedir que el de Camacho fuera un vaso de guaraná con vodka, el colombiano lo atajó poniéndole la mano en el brazo—. Tranquilo, Nicanor: no vamos a revelar nuestro secreto en este sitio.

Había poca gente a esas horas de la tarde. Cuando sus ojos se acostumbraron a la semioscuridad, Carmelo divisó algunas parejas silenciosas y fantasmales en las mesas de atrás. Un espejo difuminado en luz verdosa servía de fondo a las filas de botellas en el mostrador del bar. Contra sus reflejos se recortaban unas pocas siluetas femeninas.

El trío hispanoparlante se ocupó del partido de mañana y Carmelo y Finkelstein dividieron opiniones acerca de la importancia de Rivelino en la selección brasileña. En ese momento ya se acercaba el camarero con el pedido, y Carmelo le preguntó lo inevitable:

—Dígame, ¿ha visto a Dafne?

El camarero lanzó una mirada de sospecha sobre ellos, pero al cabo de unos segundos respondió:

—Salió con un cliente hace cosa de media hora. Tendrán que esperar un buen rato más —y agregó en voz cómplice—: Pero si quieren trepar, les consigo chicas mucho mejores.

Finkelstein tragó saliva, Carmelo abrió los brazos y Nicanor no dijo nada.

—Suficiente ilustración —comentó el argentino después de apurar apenas un par de sorbos—. Vámonos para el hotel.

Pagó Camacho. En la rocola del fondo empezaba a oírse una canción de Nelson Ned.

Barbosa en Palacio

Carmelo se despidió de ambos en el ascensor y quedó de llamarlos más tarde para hacer algún plan en la noche libre. Pero, en vez de dirigirse a su habitación, esperó a que la luz de pisos se detuviera primero en el de Nicanor y luego en el de Finkelstein; entonces llamó al ascensor de nuevo y hundió el botón del quinto piso, el de Regina. Tuvo que golpear tres veces —con el temor creciente de que los vecinos se percataran de que estaba buscando a la muchacha en su propio cuarto— antes de que Regina entreabriera la puerta del 511. La vio asomar sin maquillaje y con el pelo revuelto y comprendió que su impertinencia le había cortado la siesta.

—Quiero invitarte esta noche a comer a algún restaurante bueno —dijo Carmelo nerviosamente, sin pedir disculpas—. Los dos solos. Escoge tú el sitio.

Ella ensayó una sonrisa de contrariedad.

—Lo siento. No puedo. Me comprometí a salir con un grupo.

Carmelo sintió de repente que lo abandonaba toda compostura y se convertía por unos segundos en un adolescente rabioso.

—Me importa un carajo —le dijo en voz baja—. Quiero que salgamos a comer esta noche. Los dos.

Regina nunca lo había visto fuera de quicio: siempre se protegía tras un escudo irónico o escéptico. La chica dudó un momento y luego reiteró:

—Te dije que quedé de salir a comer con un grupo.

Carmelo la tomó por las muñecas, sin violencia, y la miró a los ojos.

—Por favor —susurró con voz firme.

Regina permaneció unos segundos con las muñecas atenazadas entre las manos de Camacho; luego las retiró suavemente.

—Está bien. Toma un taxi y dile que te lleve al Jardim de Alá, en la esquina de Ataulfo de Paiva, frente a los edificios del Conjunto de Periodistas. Nos vemos allí a las ocho.

Enseguida intentó cerrar la puerta, pero Camacho la frenó con la palma de la mano.

—Obrigado.

Fue todo lo que el colombiano dijo antes de alejarse, pero ya Regina sabía que algo había cambiado entre ellos: una especie reconocimiento de parte suya de que Carmelo era capaz de ejercer poder sobre ella.

Del Jardim de Alá salieron hacia Lamas, un restaurante situado en Largo do Machado, al comienzo de la Rua Catete. A diferencia del encuentro en el umbral de la habitación de Regina, ambos estaban en tono festivo y de diversión. La muchacha se había vestido cuidadosamente para la cita, con un traje blanco de lino y una especie de mantilla o *chal* color lila que marcaba un contraste atractivo con la piel de avellana. El maquillaje resaltaba con esmero los ojos verdes.

—¿Qué hiciste con el grupo? —preguntó Camacho mientras el taxi rodeaba la laguna Rodrigo de Freitas y doblaba por la Rua Humaitá en dirección a Botafogo.

—¿Qué les iba a decir? Nada. Desaparecí, simplemente. A esta hora deben de estar buscándome en el hotel.

—A mí también me estarán buscando Finkelstein y Nicanor. Ya somos dos los desaparecidos.

—Espero que encuentren a Ramsés y compañía, que tienen entradas para una escuela de samba.

—¿Mangueira?

—Portela. ¿Por qué dices que Mangueira?

—Porque es la de Chico Buarque. Sé más de lo que crees.

—Eso veo. Eres una cajita de sorpresas.

—Y lo que aún te falta por sorprenderte, querida. Por ejemplo, no soy un agente revolucionario infiltrado, como quizás piensa Ramsés, sino un burgués inofensivo y perezoso. Además, y esto es un secreto, tengo casa propia y carro nuevo en Bogotá.

—Y perro fiel e ilusionada esposa que te aguarda.

—Esposa, no. ¿Acaso te he dicho alguna vez que soy casado?

—Sí. En un avión. Camino a Recife, creo.

—Pues no es verdad. Estoy separado desde hace quince años.

—Dudo.

—Tienes derecho a dudar. Pero es verdad. Lo corriente es que te hubiera dicho lo contrario: que era soltero o separado y, al final, que hubieras adivinado que tenía mujer, suegra bigotuda, seis hijos, casa alquilada y carro viejo. Así son las historias normales.

—Conque divorciado...

—No hay divorcio en Colombia. Ni separación. Desde que el Papa besó el cemento del aeropuerto, en 1968, todas las parejas que estaban separadas quedaron milagrosamente unidas de nuevo para siempre.

Regina rió y Carmelo sintió ganas de cogerle una mano. Pero se abstuvo y más bien sacó un pañuelo del bolsillo, como si lo necesitara. El taxi se convirtió por un instante en una cámara aromática de gas por cortesía de Roger Gallet.

Pronto tuvieron de frente la vista del mar, hasta que el taxi torció a la izquierda y Pan de Azúcar fue una sombra gigante sobre el cielo a la derecha. Recorrieron la playa de Flamengo y el Largo do Machado, desde donde Carmelo columbró una fiesta de pequeñas luces en el monte, a su izquierda.

—Es Laranjeira —explicó ella—. Casas espectaculares rodeadas de favelas deprimentes.

Más adelante hallaron, en el costado, una especie de mansión oscura, una sombra silenciosa y vergonzante que debió de haber tenido años espléndidos pero ahora parecía sumida en una vida espectral.

—¿Y aquello? —preguntó Camacho.

—El Palacio de Catete. Allí se suicidó el Presidente Getúlio Vargas en 1954. Desde entonces no hay nada en el edificio.

—Mmhhh, el héroe de Finkelstein.

—Y de muchos otros. Un héroe trágico, déjame decirte: cierta madrugada se apuntó con un arma al corazón, y ¡pum!

El restaurante estaba cerca de allí. Desde el ventanal se veían los chorros de luz blancos y los focos rojos intermitentes de los aviones que salían y llegaban al aeropuerto Santos Dumont. Pidieron un pescado con vino blanco y se entretuvieron comentando las historias del viaje. Camacho sentía crecer la enredadera fría en su interior, aquella señal inequívoca de que había caído en estado de ternura frente a una mujer. Le había pasado muchas veces, incluso al terminar la primera cena en São Paulo, cuando quedó a solas con Regina; al mismo tiempo gozaba y sufría esa aprensión que le quitaba el hambre y le embarullaba la lengua. A mi edad y con mis canas, pensó. Como un estudiante primerizo.

Rodaron poco a poco, de tema en tema, casi siempre muertos de risa, y cuando estaban en los postres aterrizaron en el de las parejas.

—¿Cuáles has detectado en la burbuja del viaje? —preguntó Regina, acercando la cara con complicidad.

—Te encanta el temita, ¿no? Supongo que Ramsés y Minerva María.

—Muy obvia. Sorpréndeme con otra.

—No lo sé. Sorprender es especialidad tuya, querida.

—No me digas que no te da morbo saberlo.

Camacho se sirvió otro vino y pensó unos segundos. El nombre que se le vino a la cabeza —Ayumi— podía ser explosivo, pero consideró que resultaba postizo no mencionarlo.

—¿Ayumi y Nicanor? Quiero saber si la lista ha aumentado.

Regina lo recibió con naturalidad, como si hubiera superado ya el golpe de infidelidad de Sergio Pinheiro con la japonesa. También parecía evidente que no se había enterado de lo suyo con Ayumi.

—Deja en paz a la pobre chica y al pobre Nicanor. Te falta por lo menos una parejita feliz —continuó Regina.

El colombiano se sintió en libertad de ser osado.

—Sergio y Regina.

—No seas perverso —replicó ella con un gesto de súbita seriedad y la boca apretada—. Tú sabes mejor que nadie cómo ha sido esa historia horrible.

La muchacha se reclinó contra el respaldar de su silla, suspiró y se puso a mirar por el ventanal hacia la noche oscura.

—Perdona —se disculpó Camacho—. Retiro lo dicho.

Pasó un ángel durante varios segundos y Carmelo sintió que acababa de derrumbar el ambiente de proximidad creado con tanta sutileza durante las dos horas anteriores.

Regina continuaba en silencio. Había dejado la cuchara en el plato y la *mousse* de chocolate sin terminar.

—¿Un cafezinho? —propuso él intentando restablecer puentes.

—No, gracias. Estoy bien así.

El camarero rondaba la mesa y el colombiano, derrotado por su propio error, pidió la cuenta con un ademán veloz. *The game is over*, pensó en inglés. *Capri c'est fini. Ite misa est.* Hora de volver al hotel. Carmelo firmó el recibo de su tarjeta de crédito. «En la avenida encuentran taxis fácilmente», dijo el camarero a guisa de hasta luego.

Salieron. Cuando Camacho se aprestaba a detener un taxi, la mano de Regina lo obligó a bajar el brazo. Carmelo la miró sorprendido.

—Aún es temprano —le dijo ella—. ¿Te dan miedo los fantasmas?

—Adoro los fantasmas.

—Entonces puedo llevarte a un sitio donde espantan.

Y lo enganchó del brazo y empezó a caminar raudamente con él por la avenida desierta. Era una Regina distinta, que llevaba por primera vez la iniciativa.

—Por esta puerta entraba el servicio cuando era demasiado tarde o demasiado temprano —dijo Regina empujando una pequeña puerta de malla, que cedió con áspero ruido de goznes oxidados por el salitre.

El Palacio de Catete estaba a oscuras y vacío. Apenas lo alumbraba, de lejos, la luz amarillenta de los faroles de la calle vecina. Regina guió a Carmelo por en medio de matorrales crecidos que alguna vez habían sido jardín de dalias. El edificio dormía entre telarañas un poco más adelante. Algunos cristales estaban rotos, pero no fue preciso acudir a las ventanas para entrar en la casa. Regina condujo a Carmelo de la mano a través de una pequeña puerta casi escondida en los pliegues de la parte trasera. El colombiano percibió un fuerte olor a humedad y abandono y tuvo que desprender, a manotazos desesperados, los hilos de telaraña que se adherían a su cara. Caminaron otro poco entre ruinas.

—La cocina era aquí —señaló de pronto Regina.

—«Entré en mi casa —dijo Carmelo en español—: Vi que, amancillada, de anciana habitación era despojos».

—No entendí nada.

—Olvídate, son versos de un amigo mío.

Con el reflejo pálido de los faroles lejanos Carmelo pudo distinguir lavaplatos de azulejos y anaqueles abiertos y desdentados por falta de gavetas. De la cocina pasaron a un salón enorme y a otro aún más grande. Algo saltó por la ventana, y, después de dar un brinco de terror, Regina alivió una carcajada.

—¡El gato cinematográfico! Pensé que sólo saltaba en las películas.

—No es un gato; es el espíritu de Getúlio —enmendó Camacho—. Lo noto un poco más flaco y más ágil.

Atravesaron una gran puerta abierta de par en par.

—Éste era el salón principal —dijo ella—. En una época hubo alfombras persas, arañas de cristal y jarrones de cerámica china.

Continuaron caminando muy despacio, sin dejar de mirar a los lados. Era posible adivinar, entre sombras, los estropicios de tres lustros de abandono.

—Éste era el hall principal. Aquí fue expuesto el cadáver; estaba vestido con un traje negro y llevaba amortajada la cabeza. Era una venda blanca, como las que llevan las monjas cuando se quitan el sombrero, ese que flota.

—«Toca», lo llamamos en el Gran Idioma Universal del Futuro.

El enorme vestíbulo, que presidió el ataúd de Getúlio Vargas y alojó a las multitudes que acudieron a curiosearlo, ahora acusaba enormes manchas húmedas en las paredes, trozos caídos del cielorraso, pequeños montones de tierra en los rincones, papeles de colgadura rasgados, tablones astillados y baldosines flojos en el piso.

—Muchas veces se ha hablado de restaurar el Catete —dijo Regina—. Se propuso un museo, o algo así. Pero nadie parece dispuesto a habitar de nuevo la casa de un suicida. Y mucho menos los militares, que le tienen poco aprecio a Getúlio. Somos un pueblo raro, Camacho. Mezcla militares con candomblé y verás lo que resulta.

Ahora subían los peldaños de la escalera ancha y noble. Mármol de Carrara, pensó Carmelo. Marchaban paso a paso, tomados de la mano. Curiosamente, Camacho no sentía miedo. Cuando niño las sirvientas lo habían asustado muchas veces con cocos y espantos, y habría jurado que era incapaz de aguantar una situación semejante sin salir corriendo con los pelos como antenas de televisión. Pero ahora, metido en las fauces del pánico, se sentía tranquilo, leve, y avanzaba casi sin tocar las alfombras carcomidas por la humedad.

Llegaron a la tercera planta. Regina lo condujo por un laberinto de habitaciones hasta llegar a una estancia muy espaciosa. Los rayos de los faroles proyectaban vagos territorios de luz; eran insuficientes para detallar el lugar, pero bastaban para hacerse una idea de las dimensiones del recinto. Grandes armarios empotrados, grandes puertas. Algunas de ellas estaban abiertas y presagiaban cajones oscuros y zonas recónditas. En el costado derecho, casi con disimulo, se abría otro cuarto. Quizás un baño.

—En esta habitación —dijo Regina en voz baja, como si alguien pudiera oírlos— se suicidó Getúlio. Eran las primeras horas de la mañana del 24 de agosto de 1954.

Carmelo se sintió valiente.

—¿Cómo fue la historia?

Regina guardó silencio durante un par de segundos.

—¿De veras no lo sabes?

—Bueno, sé que se suicidó, como todo el mundo. Tú misma me lo dijiste. Pero no sé más.

Regina se dirigió hacia una de las ventanas que miraban al jardín despelucado. Se había desprendido de la mano de Carmelo y parecía meditar.

—El Congreso lo eligió en 1934 o 35; Getúlio dio un golpe de Estado un tiempo después para instaurar lo que llamó Estado Novo. Tuvo que renunciar en el 45 y regresó al poder por votación ciudadana en 1951.

—Entiendo que fue muy popular con los trabajadores —apoyó Carmelo.

—Por supuesto: subió con apoyo del Partido de los Trabajadores, el Partido Social Progresista y el Partido Social Democrático. Pero, aquí entre nos, era más populista que popular. Mi abuelo lo adoraba, pero mi madre decía que era «la mamá de los pobres y el papá de los ricos». No lo sé.

Regina hizo una nueva pausa y volvió a mirar hacia los fantasmas de afuera, como para clavar un punto y aparte.

—La verdad es que en agosto del 54 las cosas ya eran insoportables para Getúlio. Más de medio ejército estaba en su contra y la alternativa era renunciar o sacar los tanques para defenderse del golpe militar que se le venía encima. Aquí mismo, en la noche del 23, su hija Alzira vino a avisarle que el 24 sería el Día D. Iban a rebelarse los soldados. ¿Me entiendes? Ya no los oficiales, sino los soldados, la tropa. Sólo contaba con la lealtad de la Vila Militar, el epicentro de oficiales de Rio.

Regina caminó unos pasos y observó atentamente las distancias hasta la puerta del baño y los armarios. Luego extendió en el suelo la mantilla color lila.

—La cama quedaba aquí, donde está el chal, calculo.

Enseguida se dirigió hacia uno de los costados.

—En este sitio debía de estar la mesa en la que escribió su testamento político. Encontraron las dos hojitas aquí mismo al día siguiente. Como a las diez de la noche del 23, Getúlio cenó sentado en un taburete que estaba por allí, y a la madrugada bajó y se reunió con sus Ministros en un salón del primer piso, ¿recuerdas, junto al vestíbulo donde lo velaron? Era una sesión extraordinaria de gabinete. La situación parecía desesperada. Se hablaba de resistencia, de armar al pueblo.

—Lo de siempre —apoyó Carmelo.

—Lo de siempre. En un momento dado, Alzira, que se había despedido horas antes de su padre, entró de improviso al salón y comunicó a los presentes que la Vila Militar estaba decidida a unirse a los rebeldes. Un Ministro sugirió que Getúlio hiciera «el gran gesto histórico».

—¿Renunciar?

—Exactamente. Getúlio descartó esa posibilidad. Como a las tres de la madrugada disolvió la reunión y regresó a esta alcoba. Solo. Al cabo de un rato, Alzira golpeó en la puerta. Aquella puerta, supongo, la de la izquierda. Getúlio la recibió vestido con su piyama a rayas. La hija traía algunas recomendaciones de los Ministros. Fue el único momento en que el Presidente perdió la compostura: «¡Que hagan lo que quieran! —exclamó—. Yo ya estoy dormido». Alzira se retiró. Pero una hora después entró de puntillas Benjamin Vargas, hermano de Getúlio. Se sentó a su lado en la cama, allí donde está el chal, y le dijo que la situación era insostenible y lo mejor era renunciar. «Estamos cerca del fin», Benjamin dijo. Getúlio le pidió que lo dejara solo. Más tarde volvió Alzira. Ya era el alba. Le informó que la Vila Militar todavía no se había entregado y algunos generales estaban dispuestos a resistir. La hija aconsejó que mandara los tanques a la calle: aún podían sostenerse. Getúlio la oyó en silencio, hizo dos o tres preguntas y luego le dijo que estaba amaneciendo, que lo dejara dormir.

Esta vez Regina hizo una pausa más larga. Cuando volvió a hablar, tenía otro tono de voz.

—Serían las siete cuando entró por aquella puerta, como todos los días, el barbero del Presidente, Barbosa.

—¿El barbero se llamaba Barbosa? —observó divertido Camacho—. Mira lo que puede haber en un nombre: una profecía profesional.

—Barbosa era un tipo flaco, alto, seco, de cincuenta años largos. Vestía un delantal blanco y llevaba en la mano los objetos propios de su oficio: vasijas, brocha, navajas, jabones, y una toalla azul en el brazo. «Tenga buenos días, señor», dijo Barbosa, como todas las mañanas, dispuesto a rasurarlo. Normalmente, Getúlio lo saludaba muy amable, se levantaba de la cama, se sentaba en un asiento y charlaba de asuntos de Estado y de caballos finos mientras Barbosa lo afeitaba. A Getúlio le encantaban los caballos. Hay fotos suyas en traje de vaquero a lomos de caballos gáuchos. Pero esa vez el Presidente no quería conversaciones. Hizo a Barbosa un gesto amable pero seco para que se retirara, y el barbero entendió que las cosas no estaban para jabones. Pidió disculpas y se escabulló por la misma puerta. Fue el último que lo vio con vida. Pasados unos minutos, Barbosa y los demás que estaban en la cocina oyeron un estrépito de pólvora y corrieron hacia el tercer piso. Getúlio se había disparado un tiro en el corazón. Al llegar, lo hallaron encima de la cama, tendido al través con el pecho bañado por una enorme mancha roja. Había muerto de inmediato. La pierna izquierda estaba doblada, fuera del colchón.

La historia había dejado a Carmelo estremecido. Regina se movió hacia el interior de la alcoba y Carmelo continuó hipnotizado por el desastre del jardín.

«Y no hallé cosa en que poner los ojos que no fuera recuerdo de la muerte», repitió para sí, sin quitar la vista de la sombra de matorrales crecidos y las ruinas de una fuente abandonada, ahora nido de cigarras. Luego comentó en voz alta: «Conoces la historia muy bien. Se ve que el tema te obsesiona, como a Finkelstein».

Regina guardó silencio unos momentos.

—Barbosa era mi abuelo.

Carmelo se volvió sorprendido: «¿Tu abuelo?».

—Mmmm —asintió ella.

Carmelo la vio entonces apenas sugerida por el filtro de luz amarilla. Estaba desnuda. Había colocado la ropa en el piso, sobre la mantilla de color lila, y lo miraba fijamente.

Maracaná

En el viaje a Petrópolis pudo saber más cosas. Iban pocos P.I. en el paseo a la antigua villa veraniega de los emperadores brasileños y los cariocas ricos. A veces, riendo, Regina recostaba la cabeza sobre su hombro.

El barbero de Getúlio Vargas era el padre de su padre: «Los brasileños usamos el apellido paterno en segundo lugar, no en el primero», aclaró Regina Campos Barbosa. Los sábados, Barbosa acostumbraba a llevar a Regina al Palacio de Catete; ella tenía menos de diez años y permanecía en la cocina mientras su abuelo afeitaba al Presidente. Un par de veces la hizo subir a la alcoba del Presidente para que lo saludara. Así ocurrió cierto sábado en que Regina cumplía seis años.

«Recuerdo que recorrí de la mano de mi abuelo los corredores de servicio, hasta llegar a la puerta de la alcoba presidencial. Tenía mucho más miedo que anoche, te lo juro. Cuando entramos, mi abuelo explicó al Presidente por qué me había traído, y Getúlio me abrazó, fue hasta el sillón donde reposaba la ropa, buscó la cartera entre los pantalones, extrajo un billete y me lo regaló. Luego se quitó la camisa de la piyama, quedó en camiseta y se sentó en el taburete para que mi abuelo lo rasurara. Esa mañana estaba muy risueño y habló de fútbol con mi abuelo. Por indicaciones suyas, yo me senté en el sillón de la ropa. Recuerdo que miré boquiabierta el salón durante los quince o veinte minutos que duró la ceremonia.»

Extrañamente, Regina no podía hacer memoria de lo que se hallaba haciendo en el momento exacto en que se enteró de que Vargas se había pegado un tiro. «El resto del Brasil lo sabe —dijo a Carmelo—. Todo brasileño mayor de veinte o veintidós años es capaz de recordar qué hacía cuando se enteró de la noticia: regando las plantas, o desayunando, o subiendo a un bus, o llegando al colegio. Yo no. Me imagino que debía de estar en casa o en la escuela, pero no podría garantizarlo».

La carretera a Petrópolis subía como una culebra por entre un monte abigarrado de vegetación tropical. Al cabo de un rato, Carmelo empezó a aspirar el aroma de tierra templada que conoció tan bien durante su infancia. La temperatura, las plantas desmadradas y el aroma eran los mismos que palpó muchas veces en vacaciones camino a la finca familiar. Al pasar por el alto de La Aguadita, en ruta a Girardot, el paisaje y los olores eran los mismos que ahora se extendían en la sierra de Los Órganos, subiendo hacia Petrópolis. La diferencia es que en su infancia se asomaba a estos altos para mirar el río Magdalena y hoy percibía la extraña sensación de que el mar chapoteaba un poco más allá de las montañas.

—Yo conozco más de uno que se va a dar un golpe mortal cuando estalle la burbuja —comentó Regina señalando con el mentón al enviado francés, que parecía muy organizado con su traductora.

—No creas que no —subrayó Carmelo—. Lo he visto en muchos viajes. El que no entiende las reglas de juego se expone a sufrir como un bendito.

«Getúlio pensaba que su suicidio iba a desencadenar una revolución. La carta-testamento que dejó en su gabinete era una curiosa mezcla de razonamientos económicos sobre la inflación, panfleto contra sus enemigos, proclamación existencial y gesto histórico de sacrificio. La prensa la publicó en su momento y fue profusamente leída por la radio. Me parece ver la imagen abatida de mi abuelo Barbosa, que lloraba en casa con amargura indescriptible pero sin decir una sola palabra, mientras la oía una y otra vez en el radio de la sala. No recuerdo los términos exactos del testamento, pero tengo clavada aquí la frase con que remata su página de despedida. Decía: "Doy el primer paso hacia el camino de la eternidad y salgo de la vida para entrar en la historia". ¿Y qué pasó después? Pues nada. En Brasil casi nunca pasa nada al final de cuentas. Miles de personas hicieron cola gritando y berreando para tocar el ataúd instalado en el vestíbulo de anoche; el cadáver fue enviado a São Borja, su ciudad natal; y al cabo de unos días había un nuevo Presidente y un nuevo gobierno y a Getúlio sólo lo lloraba mi abuelo. La idea del museo sigue en proyectó.»

Carmelo quiso ser positivo.

—Un día todo esto pasará y Getúlio tendrá su museo.

—Conociendo a este país, es más posible que un día funcione en Catete un restaurante o la sede de un club de fútbol.

—Qué curioso —comentó Carmelo—: Desde que llegué a este país no me desamparan los gobernantes muertos. Primero fueron las cenizas de Dom Pedro, y ahora la alcoba donde se suicidó Getúlio.

—Cierto —dijo—. Pero es mejor muertos, que matando. ¿No podrías ir a darle un abrazo fatal a Garrastazu Médici?

Estaban entrando a la pequeña ciudad, y Carmelo tuvo de pronto la sensación perfecta de hallarse en un mundo raro, en una villa suiza en medio del trópico. Lo atribuyó a los vinos de la víspera. Miró el reloj: eran casi las dos. Pensó que Finkelstein debía de haber regresado ya de su famosa cita con los clandestinos.

Ramsés entró a la habitación de Finkelstein sin demasiado apuro. Sabía que, después de su sospechosa ausencia matutina, el argentino había salido a almorzar y tardaría un buen rato en volver al hotel. Encontró varios libros sobre la mesa, pero ninguno especialmente interesante. Por los datos de los agentes del SNI estaba seguro de que el argentino había participado esa mañana en una reunión con clandestinos, quizás del PCB, del MR-8 o de los compañeros de Carlos Marighella y Carlos Lamarca, dos peligrosos sujetos que habían sido dados de baja un tiempo atrás por las fuerzas de seguridad. Si había sido así, si Finkelstein se había escabullido esa mañana temprano y había dado vueltas y esquinazos inesperados hasta confundir al agente que lo seguía, era porque tenía programado algún encuentro subversivo. Y si ese encuentro había tenido lugar, la carpeta con la que entró al hotel pasada la una de la tarde debía de contener documentos que era conveniente revisar.

No tuvo que buscar durante mucho tiempo. Encontró la carpeta con papeles en el armario, escondida bajo los calzoncillos. Finkelstein no era James Bond. Ramsés se acercó a la ventana y empezó a leer. Estaban escritos en una precaria máquina de escribir, sin identificación que revelara procedencia alguna, y tenían algunos párrafos subrayados con bolígrafo.

SEÑALADOS COMO TORTURADORES MILITARES

Asistentes brasileños al curso de Interrogador de Inteligencia Militar, Escuela de las Américas (Panamá). En 1970: 6. Sobresaliendo el Sargento

Segundo Clodoaldo Monteiro. En 1971: 5. Graduado con honores, Sargento Primero Otomar Rodrigues Cabral. Volvió a cursar el Sargento Segundo Clodoaldo Monteiro. Fue alumno también el Sargento Segundo José Carlos Mandetta.

Otros oficiales y suboficiales que realizaron cursos de Interrogatorio Militar y lo ejercen: Sargento Primero Enio Pinto Portugal y Sargento Segundo Fabiano Lamas do Nascimento.

Instructores: Coronel José Moreira Lima y Sargento Moysés Ibaipina.

Oficiales especialistas en interrogatorios: Brigadier João Paulo Thomson da Câmara, coronel Hélio Gomes, Capitán Ramsés Guimaraes da Silva, Capitán Lucio Bravo Soares.

Brigadier João Paulo Thomson da Câmara: Entre los 19 alumnos del Curso de Instrucción de Interrogación aparece el Brigadier João Paulo Thomson da Câmara, perteneciente a la Fuerza Aérea. Fue alumno de la Fase 1 del curso de Inteligencia Militar entre agosto y octubre de 1967 y posteriormente del curso de Contrainteligencia. Son compañeros suyos el Mayor Carlos Alberto Valle Lobo y el Mayor Renato Sotero.

Coronel Hélio Gomes. Realizó curso de Inteligencia Militar en 1965 y, posteriormente, Curso Avanzado, fases 1 y 2, en 1966.

Capitán Ramsés Guimaraes da Silva. Perteneció a la Policía Militar. Habiendo hecho Fase 2 del curso de Inteligencia Militar, (1967) con el Mayor Bismarck Baptista. Curso de Contrainteligencia, 1967, con el Sargento Primero Mauro Mello y el Sargento Tercero Ubirijara Silva da Silva. Instructores: Capitanes Thaumaturgo Lopes y Walfrido Barro-

so. En 1969 pasó al Ministerio del Interior como delegado del SNI (Servicio Nacional de Informaciones). Actual Subsecretario Ministerio del Interior.

Capitán Lucio Bravo Soares. Curso de Inteligencia Militar para Oficiales en la Escuela
de las Américas, 1970. Otros miembros del cuerpo
de interrogatorios de la Policía Militar: Teniente
Paulo da Souza Bournier, Capitán Altevir Escor-
cio Vaz (Curso de Oficial en Escuela de las Américas en 1959 y 1960). Capitán Luiz de Magalhaes
y Sargento José Paes Lima.

Ramsés introdujo de nuevo los papeles en la carpeta, revisó que todo estuviera como lo había encontrado, entreabrió la puerta, se cercioró de que no hubiera
nadie en el pasillo y salió con la carpeta bajo el brazo. La
operación había tardado menos de tres minutos. Luego
bajó al vestíbulo principal, hizo una seña a un personaje
que se encontraba en el bar y abordaron juntos un taxi.

Mientras entraba al estadio Maracaná hamaquea-
do por la muchedumbre, el pequeño grupo de periodistas internacionales aún pensaba que León Finkelstein
podía aparecer de un momento a otro. Seguramente no
tomó nota de la cita a las siete en el lobby, dijo Nicanor
Jiménez a Carmelo. Y agregó con un guiño: Si algo puede fallar, fallará. Carmelo arrugó la boca. No sé —dijo—.
Finkelstein no se habría perdido esta final por nada en el
mundo. Ramsés estaba cerca de ellos e hizo un gesto de
escepticismo con las cejas. Las garotas, comentó en forma enigmática. Carmelo no pudo preguntar nada más
en ese momento, porque los caminos de la multitud son

impredecibles y el grupo de seis quedó súbitamente partido en dos por un movimiento de masas que desplazó a Carmelo y Nicanor hacia un costado. Tardaron un par de minutos en reunirse de nuevo con los otros náufragos, que izaban ansiosamente la bandera de sus entradas desde la punta de la mano de Ramsés para que el dúo pudiera localizarlos. Carmelo soñó siempre que el Maracaná sería así: atestado de gente que gritaba consignas y cantaba: un mar de personas con camisetas verdes y amarillas y, al fondo, el murmullo incesante de las batucadas, como tambores de guerra. Cuando por fin llegaron a las localidades que había logrado conseguir la organización, los P.I. estaban francamente asombrados por el espectáculo. Fíjate bien, porque quizás no volverás a ver nada como esto, comentó emocionado Carmelo a Nicanor. Hay muchas cosas que ya no volveré a ver, señor Camacho, respondió Míster México. El japonés había conseguido una banderita del Brasil y la agitaba con verdadera furia, como si de un torcedor demente se tratara. Sergio Pinheiro y Ramsés, en cambio, guardaban la serenidad de los veteranos, de los que están acostumbrados a los grandes momentos y no permiten que sus sentimientos se desborden. El alemán hermético, ave de mal agüero, exhibió un billete de veinte dólares y anunció que lo jugaba a favor de Portugal. Sólo por joder, Carmelo subió a doscientos en favor de Brasil y el alemán, aunque tragó saliva, tuvo que aceptar la apuesta. Brasil contra Portugal. Una contienda casi mítica: el hijo contra el padre, la antigua colonia convertida en imperio que se enfrentaba al antiguo imperio convertido en país marginal, dispensable. Carmelo ensayó a revolverle psicología histórica al asunto —la suave independencia brasileña hacía que esta final fuera un duelo doloroso para los dos... Dom Pedro I y su doble condición de brasileño y portugués, como en el fondo sigue siendo el alma del Brasil, cosas así—, pero no había nadie allí que pudiera engancharse con su propuesta. Ramsés se limitó a decir con cortés generosidad que era una tesis muy interesante, pero suspendió la frase y emitió un rugido, al tiempo con el estadio entero, porque empezaban a anunciar la alineación del equipo local. Luego formaron los dos conjuntos y sonaron los himnos, y Carmelo intentó oír aquello de «Gigante pela própria natureza, és belo, és forte, impávido colosso», pero la batahola era más gigantesca que la propia naturaleza y fue imposible captar palabra alguna. Sin embargo, sonrió en silencio mientras los visitantes sacaban el balón del punto central: acababa de recordar que Regina le había susurrado esta mañana esas mismas palabras finales luego de que Carmelo le echara el cuarto polvo desde el momento en que, al volver a mirar, la descubrió desnuda en la alcoba oscura del Palacio de Catete donde dieciocho años antes Getúlio Vargas se pegó un pistoletazo: «Impávido coloso».

El partido era poca cosa: mucho juego en el medio campo, mucho temor mutuo, muchos nervios, pocos riesgos. «Jogo taçero típico», sentenció Sergio al cabo de media hora. Así que el espíritu de Carmelo terminó elevándose para buscar sentido al torbellino que había ocurrido en las últimas veinticuatro horas. La verdad es que entendía poco. No entendía la amargura con que había terminado la efímera relación entre Regina y ese tipo buen mozo y de complexión de zaguero del Botafogo que ahora comentaba el partido a su lado con sobriedad de sabio. Tampoco entendía por qué ella había resuelto tomar la iniciativa en el restaurante cuando un impertinente chiste suyo había llevado las cosas al punto más frío. Tal vez parte del Efecto Burbuja consistía en acelerar dramáticamente los hechos al final del período. Tal vez había colaborado en todo ello la presencia del fantasma de Catete, que era el propio fantasma de la infancia de Regina. Tal vez se agazapaba una semilla extraña y morbosa en el fondo de esa muchacha aparentemente risueña, una semilla que la había llevado a acostarse con él en el lugar mismo donde se suicidó Getúlio. O quizás encarnaba una venganza desafiante a la memoria del hombre que privó súbitamente a su abuelo Barbosa del trabajo más honroso del gremio. Un psicoanalista habría hecho florituras con este tema, pero Carmelo no quería darle demasiadas vueltas al asunto. Dentro de menos de veinte horas estaría tomando el avión de regreso a Colombia, donde lo esperaba el perro fiel pero ninguna esposa ilusionada, y soñaba con la última noche en compañía de Regina. Ella se había negado a compartir la ducha con él esa mañana y le había prometido que lo harían de todos modos antes de separarse. Uno nunca entrega intimidades sin ceder armas, pensó Carmelo. La frase no era suya. ¿De Chico Buarque? ¿De Millôr Fernandes? ¿De Woody Allen?

Cero a cero al terminar el primer tiempo. Bebieron cerveza y guaraná y comieron papas fritas que ofrecían los vendedores ambulantes. En el lejano palco de autoridades se veía una figurita que saludaba a la multitud como si la concentración humana fuera en su homenaje. Garrastazu Médici, dijo Sergio al oído de Carmelo. Si pudiera darle el abrazo mortal, pensó Camacho. Finkelstein no aparecía aún. Le dejé la entrada en el hotel, con instrucciones de tomar un taxi y buscarnos en esta arquibancada, explicó por enésima vez Ramsés a los del grupo: es muy fácil llegar al Maracanã, hasta un niño puede hacerlo. Nicanor Jiménez aventuró que se había olvidado de la cita. Es la cita que nunca habría olvidado Finkelstein, repuso Carmelo. Quizás llegó un poco tarde al hotel y le dio pereza venir solo, ensayó Sergio. Tú mismo —dijo a Carmelo— casi te quedas sin partido: el tour de Petrópolis regresó cuando ya nos encontrábamos en el microbús de Maracanã. Ante el silencio aprobatorio, Sergio elaboró un poco más su hipótesis: Sí, debió de llegar tarde y ahora está viendo el partido cómodamente instalado en su cuarto de hotel —dijo—. Y, visto lo poco que hemos visto de fútbol-fútbol, eso lo convierte en el más inteligente de nosotros. El japonés preguntó si el partido acaso era malo: a él le parecía estupendo. Ramsés hizo un gesto de desacuerdo. No, no —comentó enigmáticamente—. Yo creo que la razón es otra. Carmelo recordó: Cuando llegamos hablabas algo de garotas. Ramsés lo señaló con el dedo: ¡Éh! Para mí, ésa es la verdadera explicación. Hubo una pausa durante la cual miraron a Ramsés en espera de que continuara. Ramsés sonrió: Somos humanos, ¿no? Yo sé que Finkelstein está felizmente casado, pero también sé que tiene en Rio una especie de novia, Dafne, o algo así. Carmelo comentó que la tal Dafne era bastante menos que una novia, y él sabía por qué lo decía. Ramsés puso cara solemne y levantó la mano: Amigo: yo sé de qué clase de novia se trata: me lo contó el propio Finkelstein; pero nunca menosprecies la capacidad de arrastre de una buena xereca. Todos rieron aprobatoriamente, aun Carmelo —aunque un poco a regañadientes—, y Ramsés remató: He visto muchos casos en que tipos serios y profesionales, como nosotros, se enloquecen por lo que encuentran debajo de unas calcinhas. En ese momento se oyó un pitazo y un nuevo rugido y los ojos volvieron a mirar hacia la cancha del Maracanã, esa mesa verde legendaria, ese rectángulo perfecto, ese altar de gramilla iluminada por mil reflectores donde veintidós jugadores luchaban por ganar la Taça Independência.

—Uno a cero —le contó Carmelo a Regina apenas llegó, ansioso, a la habitación 511—. Gol de Jairzinho en el último minuto.

—Lo sé —dijo ella—. Lo vi en televisión. Un partido espantoso. Zagalo debería besar la copa y renunciar inmediatamente.

Regina le contó que los miembros del tour Brasil Export 72 se estaban citando en un bar de Flamengo para despedir el viaje.

—Nos proponen encontrarnos allí más tarde. Puede ser divertido y, de todos modos, será la reunión de despedida.

—Me horrorizan las reuniones de despedida —dijo Camacho—. Es una borrachera general; unos se dan besos babosos, otros se pelean y todos acaban cantando «No es más que un hasta luego».

—Camacho —advirtió ella—: Es la última noche. Hay personas como Nicanor Jiménez, a las que seguramente no volverás a ver.

—Estuve con él toda esta noche, durante el partido. Además, mañana saldremos juntos hacia el aeropuerto con una decena de compañeros. Me despediré entonces.

—Hoy nos echarán de menos.

—¿Eso te preocupa?

—No particularmente.

—¿Es una cita oficial, un adiós muchachos organizado por la Feria?

—No. Es algo espontáneo, algo que improvisaron los colegas.

—O sea que no tenemos la obligación de ir.

Algo frustrada, Regina dudó un segundo.

—Pues no. Obligaciones, lo que se llama obligaciones, tiene uno pocas en esta vida.

—Entonces prefiero quedarme aquí contigo.

Ella sonrió y le revolvió el pelo con la mano.

—No te has olvidado de la promesa de la ducha, ¿verdad?

Camacho la besó, pero antes de continuar cortó bruscamente, consultó un papel que llevaba en el bolsillo y marcó el teléfono. Dejó que sonara varias veces y luego colgó.

—¿Sabes? —dijo a Regina—. Finkelstein salió esta mañana y no ha regresado.

Regina no concedió mayor importancia a la información.

—Seguramente encontró a cómo-se-llama, la amiguita.

—Dafne.

—Eso.

—No lo creo. Te voy a contar un pequeño secreto: esta mañana iba a reunirse con una célula clandestina.

Regina quedó estupefacta, y Carmelo prosiguió.

—Alguien le hizo el contacto desde Recife, y se supone que debía encontrarse con estos caballeros hacia las once o doce del día.

Hubo un nuevo silencio, durante el cual Camacho aprovechó para servirse un vodka del minibar.

—¿Qué opinas? —preguntó a la muchacha.

Regina hizo un gesto de desconcierto y preocupación.

—No lo sé —dijo—. Puede ser muy mala señal. ¿Seguro que no ha regresado al hotel?

—El teléfono de su cuarto no responde.

—Es imposible que haya desaparecido así porque sí. Inténtalo de nuevo, por favor.

Carmelo se comunicó con el conmutador y preguntó por Finkelstein en inglés. La operadora pidió un minuto y después le informó que el señor Finkelstein había pasado por Recepción a eso de las dos, había escrito un mensaje para la habitación 307 y se había marchado de nuevo.

—Yo soy el pasajero de la habitación 307 —dijo Camacho—. Léame por favor el mensaje.

—Lo siento. No puedo hacerlo. Usted me llama desde la habitación 511.

Carmelo optó por saltar a un portuñol algo rabioso.

—Soy el pasajero de la habitación 307, pero estoy en estos momentos de visita en la habitación 511: ¿no puede ser posible?

—¿Cómo es su nombre? —insistió en inglés la operadora.

—Carmelo Camacho.

—Lo siento: en la habitación 511 está la señora Regina Campos Barbosa.

La situación empezaba a sacarlo de casillas.

—Escúcheme: es evidente que yo no soy la señora Regina Campos Barbosa, entre otras razones porque sigo siendo el pasajero de la habitación 307, Carmelo Camacho, y necesito que me lea el mensaje que me dejó el señor Finkelstein, ¿me entiende?

—Con mucho gusto le envío el papel a su habitación, señor Camacho.

Derrotado, Carmelo le entregó el teléfono a Regina: «Háblale en una lengua que conozca, porque mi próximo idioma consiste en bajar y ahorcarla...».

Regina explicó rápidamente en portugués de qué se trataba, y cinco minutos más tarde un botones golpeó con el mensaje que había dejado Finkelstein en la casilla del 307. *Tengo algo urgente que contarte. LF.*, decía el papel.

En ese momento timbró el teléfono.

—Los estamos esperando en el Zepelim —comentó un Ramsés festivo—. Es la reunión de despedida.

Regina le entregó la bocina a Carmelo.

—Ramsés —dijo el colombiano en tono casi sombrío—: Finkelstein no aparece.

—Iba a hablarte de eso —mintió Ramsés—. Tengo buenas noticias. Uno de los botones lo vio con una chica. Ella se quedó en el hall del hotel, y nuestro querido amigo argentino subió a su habitación. Al cabo de unos minutos, él bajó y se fueron juntos. Lo que te dije: garotas, garotas, garotas...

—Es que justamente acabo de recibir un mensaje que me dejó Finkelstein, supongo que a la una o dos de la tarde, donde dice que tiene algo urgente que contarme.

Carmelo escuchó una carcajada nerviosa en el otro lado de la línea.

—¿Ves? —siguió Ramsés—. El muy bandido seguramente quería decirte que había encontrado a Dafne. Así somos los latinos, Camacho, qué le vamos a hacer... Nada de que preocuparse, amigo mío. Vengan. Los estamos esperando en el Zepelim.

—Son casi las doce, Ramsés.

—La noche es joven, sobre todo cuando es la última.

—Más tarde iremos —respondió Camacho de mala gana, y colgó.

Regina regresaba del baño.

—¿Qué te dijo?

—Que lo vieron con Dafne. Que nos esperan en el Zepelim.

—¿Y qué dijiste?

—Que quería darme un baño y dormir. Me despediré de ellos mañana.

Regina sonrió, lo miró y se soltó el pelo.

—Lo sabía —dijo—. La ducha ya está lista.

Plop

Hundido en el asiento del avión que ahora lo lleva a Bogotá, Camacho intenta entender qué aconteció, qué inmisericorde aplanadora le pasó por encima. Trata de meditar. Procura atravesar una rara neblina que le enturbia la cabeza. Imágenes borrosas galopan en su memoria aturdida. Carmelo piensa, pero no consigue entender lo que ocurrió...

Sí. No consigues entender cuál fue ese viento, ese huracán que te rompió el equilibrio y te dejó patas arriba, Carmelo, veterano de mil guerras, sobreviviente impávido de cien viajes, coloso del dominio propio y el sarcasmo, qué te ocurrió, a tu edad y con tus canas, para que acabaras derrumbado como una señorita del siglo diecinueve y llorando como un niño chiquito, por Xangô. Pero no sabes qué ha sucedido, por qué se produjo este cataclismo vergonzoso que te mantiene aún al borde de las lágrimas —a todo un pasajero de primera, Carmelo, no hay derecho— y con el alma en pedacitos como un jarrón hecho añicos, como un adolescente enamorado. Tratas de recomponer ese horrible rompecabezas que han sido las últimas horas de tu vida, pero no encuentras concierto, sólo fogonazos y escenas que hasta recordar te duelen. Vuelves a ver a Regina después de la última noche de amor, maravillosa, ultracentrípeta, te despierta, que te vistas rápidamente, que vayas a tu habitación, que hagas tu maleta, que te

prepares porque en una hora has de estar abajo para tomar el ómnibus a Galeão con los demás P.I., y te fijas, qué
karma gramatical ser colombiano, que dice algo así como
óñibus, y no autocar, ni autobús, ni microbús, ni microau-
tocar, ni siquiera bus: que has de estar abajo en una hora,
hay que irse, meu amor, cariñosa, y tú insistes en pasar
otro rato con ella, pero Regina, firme, por favor Carmelo, no hagas las cosas más difíciles, ya lo hemos hablado
toda la noche. Te mató la sinceridad, huevón, eso de decirle que se fuera contigo, que se casaban, que tú regresa-
rías a buscarla, a tu edad, Carmelo, con tus canas... ¿No
lo entiendes?, te decía, primero cariñosa y después irritada, la pobre: ¿no entiendes que la burbuja terminó, tu
burbuja estalló en mil pedazos, querido mío? Pero tú no
entendías nada, no querías entender nada, y te negabas a
aceptarlo cuando ella se vistió rápidamente y te colocó
los pantalones y la camiseta y bajó contigo dos pisos por
una escalera discreta; para entonces ya estabas tú llorando como una muñeca y por eso no quiso utilizar el ascensor, y entraron a tu habitación, y te arregló la maleta
de cualquier manera y te obligó a bañarte y te peinó, y tú
allí, como un zombi, a tu edad y con tus canas, Carmelo,
coloso de mil batallas. Te ves en calzoncillos, con medias
oscuras y la camiseta que ella misma te metió por la cabeza y te hizo girar en el cuello porque estaba al revés: te
ves en calzoncillos y camiseta y te oyes decir que no quieres marcharte, que te quedas en ese hotel hasta que ella
acepte permanecer contigo tres días, sólo tres días más, y
ella te amenaza y te dice que se va a largar ya mismo si
no reaccionas, caralho, y tú buscas un guaraná del minibar y vuelves a soltar ese llanto que parte el alma. Luego
recuerdas que Regina te consuela otra vez, y otra vez te
explica que la burbuja se acabó, finito, plop, y esas cosas, y tienes que ser razonable, querido, y tú por fin ca-

llas y aceptas. Pero entonces dices que no quieres encontrarte con nadie, que quieres llegar por tu cuenta al aeropuerto, que ella te acompañe, por favor, que no te interesa despedirte de nadie, sólo de una persona, y le pides que te comunique con León Finkelstein, el argentino absurdo, el de la mujercita que lee tus columnas y la pequeña hija. Y Regina oye timbrar muchas veces por el auricular, pero Finkelstein no ha llegado. Son casi las nueve de la mañana y no ha vuelto al hotel desde ayer, no durmió anoche aquí, lo confirman en Recepción. Y tú dices que esto es muy pero muy raro, y notas el rostro de preocupación de Regina, que te aconseja que es mejor no saber estas cosas, que te olvides de Finkelstein y que más bien te apures, que el avión te va a dejar. Y tú: qué más quisiera yo. Y ella: nada, tienes que irte, Brasil puede ser para ti un sitio peligroso. Y tú: no me importa, me quedo contigo. Y ella: no, no: te quedarás solito, querido, porque yo tengo mi vida organizada. Y tú: pues solito me quedo. Y ella: ni solo, ni nada, que te puede ocurrir lo de Finkelstein, meu amor. Y tú: está bien, pero me llevas al aeropuerto. Y ella se niega a hacerlo, te dice que estás muy mal, que necesitas separarte de ella cuanto antes, y ves cómo toma el teléfono de nuevo y habla con alguien, y a los pocos minutos golpea la puerta Nicanor, Nicanor Jiménez, alias Míster México, alias el Caballo Blanco, que viste corbata, botas y pantalón aguamarina pero no lleva chaqueta: se ha cumplido la Ley del Capitán Murphy, lo peor ha empeorado. Sin embargo, te hace gracia, hombre: a pesar de todo, te hace gracia, y reconoces que le has cogido ley, como él dice. Entre ambos te acaban de vestir, Carmelo, a tu edad y con tus canas, por Xangô: entre ambos te visten: entre un enfermo terminal de cáncer y la Suboficial de Comunicaciones del Departamento de Prensa del Ministerio de Industria y Comercio, ¿te das cuenta?, qué vergüenza, Carmelo, y ni siquiera estás borracho, condición que habría tenido un mínimo decoro, sino enamorado como un pendejo, como un tórtolo, vaya por Dios. Nicanor actúa rápidamente, habla con alguien, que le dejen su maleta abajo, que él se va contigo, que ya se encontrarán en el aeropuerto todos. Y viene esa despedida tan terrible, hombre, como de náufrago, y Nicanor que te toma del brazo, vámonos señor Camacho mire no más cómo se está comportando, como un escuincle, y Regina que te abraza, y te besa y te llama meu amor, y te dice que te escribirá, que ya hablarán, pero que te vayas, y tú das un paso hacia la puerta y dos hacia el interior, que un último beso, que no, meu amor, que sí, que tú te quieres quedar, y ella, que corres peligro, y tú, que estás dispuesto a afrontar lo que sea: hasta que ella se encierra en el baño, óyeme bien, en el baño, y tú golpeas la puerta y ruegas y lloras y te agarras la cabeza, la cabeza entrecana, por Xangô, hasta que no te queda otro remedio que salir aferrado a Jiménez, que te saca casi a rastras y empuja tu maleta y tu maletín e intenta tranquilizarte, ya está señor Camacho, ya verá que en el aeropuerto se le olvida todo: Nicanor Jiménez, lo que se dice un santo. Pero no logras que se te olvide nada de lo vivido mientras viajas destrozado a bordo del último taxi, y Nicanor te da palmaditas de ánimo en la rodilla, y qué triste es ver a un triste que apesta a agua de colonia, y observas el cielo plomizo de un Rio de Janeiro lluvioso, y el mar gris y las playas vacías y miles de carros que pitan y se estorban. Estiras el pescuezo, pero no logras divisar el Palacio de Catete, no sabes por dónde vas, ni tienes ánimo para preguntar un carajo al taxista. Y Jiménez a tu lado, que todo irá bien, que son cosas que pasan, señor Camacho; y tú: bueno señor Jiménez, y es tu primer chiste en varias horas y ambos ríen: tú y él: él, aliviado; tú, sin querer. Tampoco se te olvida tu infierno cuando el último taxi llega a Galeão. Estás retrasado. Ya se fueron casi todos. No te despediste de nadie. Jiménez viaja a las dos y veinte, de modo que tiene tiempo de ayudarte con tus documentos y tu maleta, y tú le pides algo más, le pides que llame al Hotel Leme, que quieres despedirte de Regina, que has hecho el papelón y quieres disculparte, y al principio Jiménez no está muy convencido de que sea una buena idea, para qué echarle más sal a esa herida, señor Camacho. Sin embargo tú insistes, y Jiménez busca unas monedas y llama. Pero nadie contesta en la habitación 511, lo siento, caballero, la pasajera hizo ya el check-out. Ella también tenía que ocuparse de algunas cosas antes de regresar a Brasilia en la noche, dice Jiménez, me pareció entenderle. Si algo puede fallar... Entonces te da por preguntar por los amigos, ¿y Ayumi, dónde está Ayumi?, ¿y el japonés?, ¿y Minerva María?, ¿y el gringo del *Washington Post*?, ¿y Sergio Pinheiro?, ¿y las guías?, ¿y las traductoras?, ¿y el francés y la chica del francés?, ¿y la inglesa alta? Preguntas hasta por el alemán hermético, y Jiménez te explica nuevamente con paciencia insobornable de Caballo Blanco que todos se fueron ya, unos porque salían más temprano, en los vuelos a Europa, otros porque salen más tarde en los de América, y los acompañantes brasileños porque van camino a sus casas. ¿Y Finkelstein? Nicanor alza los hombros. De Finkelstein no se sabe nada, señor Camacho.

Y Nicanor se pone a hablarte de sus nietos. Y llaman a tu vuelo y adiós y te despides de él sin derramar una lágrima, y Nicanor te confía al oído que así me gusta verlo, señor Camacho, y tú le mandas un beso a los nietos, y los dos se dan un abrazo emocionado. ¿Ahora eres tú el que llora, Nicanor? No me hagas eso... Y subes al avión bastante recompuesto y tranquilo; luego te instalas en tu silla de primera clase y respondes con sonrisa amable las atenciones de las auxiliares de vuelo, y pretendes leer una revista mientras el jet carretea la pista. Al despegar miras desde tu ventanilla con aparente indiferencia la mañana gris y el lejano perfil de Pan de Azúcar y de repente, cuando estás sobrevolando Guanabara, sientes que todo esto es ya parte del pasado, irrecuperable, inatajable, y ahora sí la burbuja ha estallado de veras, plop, y tú estallas con ella, la aplanadora vuelve a pasarte por encima, algo has dejado allí que ya no te permitirá ser el mismo de antes, amanhã há de ser outro dia, y de nuevo estás derrumbado como una señorita del siglo diecinueve, y las auxiliares de vuelo aterradas procuran atenderte, y el jefe de cabina te ofrece un tranquilizante, y tú lloras y no paras de llorar a mares, a gritos, y una voz femenina solicita por el altavoz la presencia de un médico, y tú sigues berreando como un niño, nada menos que tú, Carmelo Camacho, veterano de cien burbujas, de mil guerras, a tu edad y con tus canas, por Xangô, impávido coloso.

Agradecimientos

Primero que todo, a María José de Freitas Rodrigues, que acompañó con paciencia y auxilió, con sabiduría y buen humor carioca, el proceso de creación, gestación y terminación de esta novela.

Además, a aquellos que me ayudaron a recoger datos o leyeron el original y aportaron sus valiosas opiniones. En particular, a Ana María Ucrós, Sylvia Rosalem, Liliana Tafur, Carmen Posadas, Ángeles Martín, mi agente, y José María Guelbenzu, mi compadre.

Índice

Este libro
se terminó de imprimir
en los Talleres Gráficos
de Anzos, S. L.
Fuenlabrada, Madrid (España)
en el mes de mayo de 2003